冯唐

春风十里不如你

北京联合出版公司

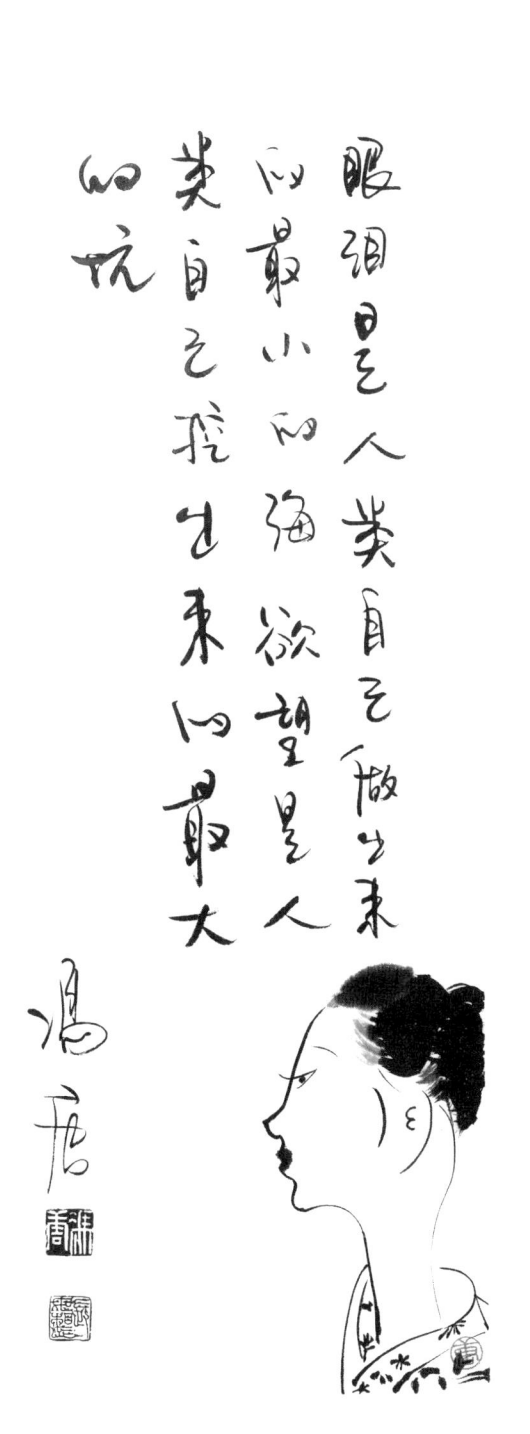

眼睛是人类自己做出来
以最小的海欲望是人
类自己挖出来的最大
的坑

冯唐

目 录

序 真的活着活着就老了

一 如何成为一个怪物

002　如何成为一个怪物
007　难能的是当一辈子"流氓"
013　风雨一炉，满地江湖
017　饭局酒色山河文章
021　我身体里的大毛怪
026　像狗子一样活去
030　让自己和身体尽人力
036　我的第一次濒死体验

二 很多了不起和钱没关系

044　很多了不起和钱没关系
048　小猪大道
052　挣多少算够
056　范陶朱公蠡
061　如何避免成为一个油腻的中年猥琐男
067　富二代的自我修养
071　九字真言

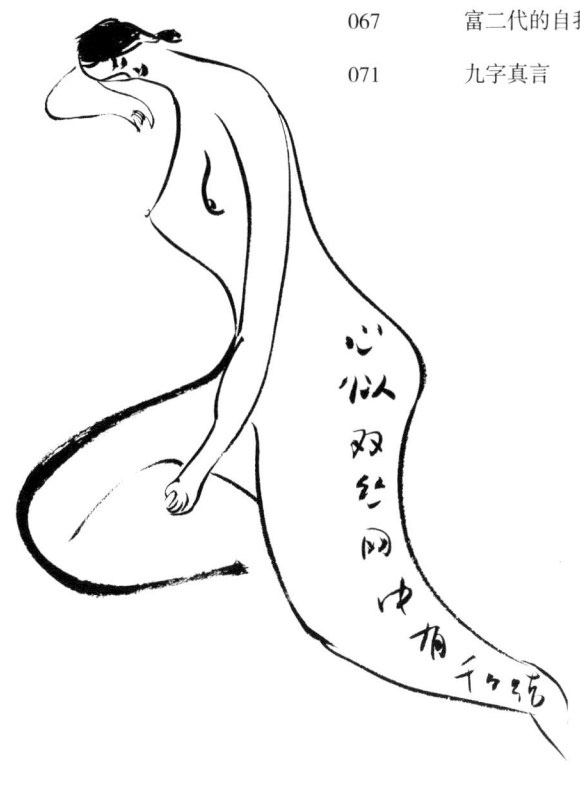

三　活着活着就老了

080　谈谈恋爱，得得感冒
083　叫我如何不想她
086　朋友
091　活着活着就老了
099　我唯一的外甥
106　食色
109　用什么标准选个靠谱的男朋友

四　想起一生中后悔的事儿

114　真正的故乡

119　如何和老妈愉快相处

123　想起一生中后悔的事儿

128　我的理想小房子

134　茶缸在右手一臂之遥

137　我爸认识所有的鱼

140　哭闹得不到一切，也不该得到一切

五 文字打败时间

- 146 文字打败时间——我的文学观
- 149 读齐白石的二十一次唏嘘
- 174 王小波到底有多么伟大
- 181 有闲
- 186 茶与酒
- 191 文章千古事,70尚不知
- 198 用美器消磨时间
- 202 几床悍妇几墙书
- 207 离天堂最近的地方

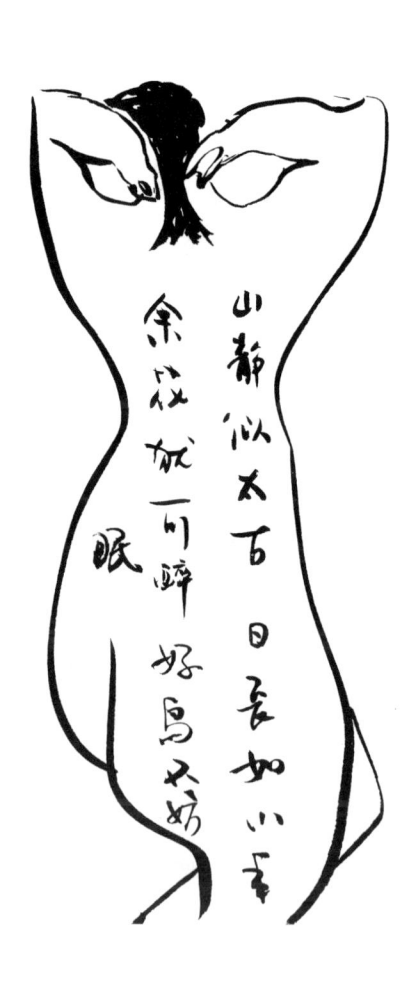

六　天用云作字

214　欢喜（节选）

221　万物生长（节选）

232　北京，北京（节选）

242　女神一号（节选）

256　十八岁给我一个姑娘（节选）

272　黄昏料理人

七　诗歌是世上的盐
299

饥来吃饭 困来即眠 没了别总顶个背光耗电 冯唐

真的活着活着就老了

我以前，写过两次"活着活着就老了"，那两次都是畅想少壮努力、老大享福，在暮色苍茫的北京街头，无所事事地毫无目的地充满安全感地嘚瑟。其实，写的时候，为赋新词强说愁，国家还有开发不完的潜力，我还有使不完的力气，身边的人还没一个生老病死，"老"和我有什么关系？

上个月赴酒局，和我三个认识近二十年的老哥，在北京吃港式火锅。我有一个亲哥和一个亲姐，一个大我九岁，一个大我六岁。所以在我自己长大的过程里，我习惯性地和大我近十岁的人走得近。我想看到我十年后的样子，提前做些生理和心理的准备。这些老哥通常和我没有任何正经事，我们在一起没什么心理负担，以吐槽天地、说怪话为主要活动，吐说多了，有益身心。

这次酒局震撼了我，让我觉得，人有生，必有死，人有年轻时，必有老去日，真的活着活着就老了。

第一个老哥是改革开放后最初几个去美国念MBA的中国人，

第一批从斯坦福大学毕业，第一批回国，第一批去了一个广东的私企，做了某个私企大老板的二把手，曾经在法国帮这个大老板买了一个巨大的公司。他在我事业的上升期偶尔找我喝酒，有一次明确和我讲，他要退休，要退回自然和人文环境都非常恶劣的北京了却残生，他那时还不到五十岁。这次酒局，他带了很好喝的威士忌和红酒，一边倒酒一边和我说：几个月前，某个猎头打来电话，说，您歇了五年了，如今有个机会，如果您再不重新工作，工作这件事儿就彻底和您无关了。我问他，后来呢？他说：无关就无关吧，本来就没期望留下什么痕迹，一花一时香，常年贴在墙上不掉下来的是标语。他倒酒的手一直在抖，我问他怎么回事儿。他说：不是帕金森症，是某种无名颤抖，有治标的药，吃了之后四个小时不抖，四个小时之后又开始抖，老婆劝戒酒，但是，吃喝嫖赌抽，不吃不嫖不赌不抽，如果喝都戒了，那和八戒就太接近了，不要啊。

第二个老哥是啤酒仙人，还写过一本关于他和啤酒生死之恋的书。过去二十年，几十个酒局，我没见过他喝啤酒醉过，他自己喝完的二十几个空啤酒瓶子摆在他面前，他臊眉搭眼地内心骄傲着。他喝开心了，最多飞腾上酒桌桌面，高声吟诵先贤的诗句或者高声唱国际歌。这次，他来晚了，进来之后，大喊：服务员，给我来一盆热水，热四瓶啤酒。然后和我们解释原因：胃不行了，胃不行了，胃不行了。

第三个老哥是他著名爸的儿子兼秘书，是他著名哥的弟弟，是我见过的酒量最大的人。我一直告诉他，五百年后读他关于古玉和古瓷的文字的人很可能多过读他著名爸爸和哥哥文字的人，他一直拒绝相信。在我认识他的二十年里，他一直非常用功地吃饭和喝酒，每次约晚饭，他都提前半小时到，然后热情地招呼每一个后来的人，然后喝光桌子上每一瓶酒中的最后一滴酒。我和他吃饭，从来比他晚到，比他早走。每次不到八点，他就轰我走，一边轰我，一边和旁边的人解释，"他还要打电话会，和美国有时差，于国于民，非常重要"，轰走我之后，自己喝到至少十一点。这次，他也来晚了，来得比我晚，席间还像一个干部一样串场，在火锅店里频频敬酒，刚刚过了八点，就和我说："天光已晚，我们散了吧。"

酒局散了之后，我坐在车上，先用一只左眼、再用一只右眼，看街灯、街上残存的招牌，发现眼睛真花了，对焦困难，回到住处，看了几眼纸书，眼睛累得很。我对于不能阅读的恐惧远远超过对阳痿的恐惧，阳痿消事儿，眼花误事儿，还有那么多书还没读，还有那么多智慧还没亲近，就失去了获取信息的视力。

但是，怕有什么用，岁月又饶过谁？这次，似乎真的，真的活着活着就老了。从明天起，面朝大海，学学盲文，摩挲过余生。

2019 年 3 月

一

如何成为一个怪物 ●

我从生下来就不知道自己该干点什么。

我把自己像五分钱钢镚一样扔进江湖上,落下来,不是国徽的一面朝上,也不是麦穗的一面朝上。

我这个钢镚倒立着,两边不靠。

如何成为一个怪物

我羡慕那些生下来就清楚自己该干什么的人。这些人生下来或者具有单纯的特质，如果身手矫健、心止似水，可以去做荆轲；如果面目姣好、奶大无边，可以去做苏小小。或者带着质朴的目的，比如詹天佑生下来就是为了修一段铁路。我从生下来就不知道自己该干点什么。我把自己像五分钱钢镚一样扔进江湖上，落下来，不是国徽的一面朝上，也不是麦穗的一面朝上。我这个钢镚倒立着，两边不靠。

其实很早我就知道我只能干好两件事情。第一是文字，我知道如何把文字摆放停当。很小的时候，我就体会到文字的力量，什么样的文字是绝妙好辞。随便翻到《三曹文集》，"青青子衿，悠悠我心。但为君故，沉吟至今"，就随便想起喜欢过的那个姑娘。她常穿一条蓝布裙子，她从不用香水，但是味道很好，我分不清是她身子的味道还是她裙子的味道，反正是她的味道。第二是逻辑，我知道如何把问题思考清楚。随便翻起《资治通鉴》，是战是和，是用姓王的胖子还是用姓李的瘸子,掩卷思量,洞若观火。继续看下去,按我的建议做的君王,都兵强马壮;没按我的建议做的,都垂泪对宫娥。

我从小就很拧。认定文字是用来言志的,不是用来糊口的,就像不能花间喝道、煮鹤焚琴、吃西施馅的人肉包子。逻辑清楚的用处也有限,只能做一个好学生。

我手背后,我脚并齐,我好好学习,我天天向上。我诚心,我正意,我修身,我齐家,我治国,我平天下。我绳锯木断,我水滴石穿,我三年不窥园,我不结交文学女流氓。我非礼不看,我非礼不听,我非礼不说,我怀了孟子。我忙,我累,我早起,我晚睡。

但是,我还是忘记不了文字之美。

上中学的时候,我四肢寒碜小脑不发达,不会请那个蓝布裙子跳恶俗下流的青春交谊舞。我在一页草稿纸上送她一首恶俗下流的叫作《印》的情诗,我自己写的:

> 我把月亮印在天上
> 天就是我的
> 我把片鞋印在地上
> 地就是我的
> 我亲吻你的额头

你就是我的

上大学的时候,写假金庸假古龙卖钱给女朋友买蓝布裙子穿。我学古龙学得最像,我也崇尚极简主义,少就是多,少就是好。我描写姑娘也爱用"胴体"。我的陆小凤不仅有四条眉毛,而且有三管阳具,更加男人。

上班的时候,我看我周围的豪商巨贾,拿他们比较《资治通鉴》里的王胖子和李瘸子,想象他们的内心深处。假期不去夏威夷看草裙舞,不去西藏假装内心迷茫。明月如霜,好风如水,我摊开纸笔,我静观文字之美。

两面不靠的坏处挺多。比如时间不够,文字上无法达到本可以达到的高度。数量在一定程度上决定质量,至少在很大程度上决定力量。比如欲望不强烈,没有欲望挣到"没有数的钱",没有欲望位极人臣。就像有史以来最能成事的曾国藩所说:"天下事,有所利有所贪者成其半,有所激有所逼者成其半。"我眼里无光,心里无火。我深杯酒满,饮食无虞。我是个不成事的东西。这和聪明不聪明,努力不努力没有关系。

两面不靠的好处也有。比如文字独立,在文字上,我不求名、不求财,按我的理解,作我的千古文章。我不教导书商早晚如何刷牙,书商也不用教导我如何调和众口、烘托卖点。比如心理平衡,我看我周围的豪商巨贾,心中月明星稀,水波不兴。百年之后,没有人会记得他们，但是那时候的少年人会猜测苏小小的面目如何姣好，会按我的指点，爱上身边常穿一条蓝布裙子的姑娘。

倒立着两边不靠，总不是稳态。我依旧不知道自己该干什么。年轻的时候，这种样子叫作有理想。到了我这种年纪，我妈说，这种样子就叫作怪物。

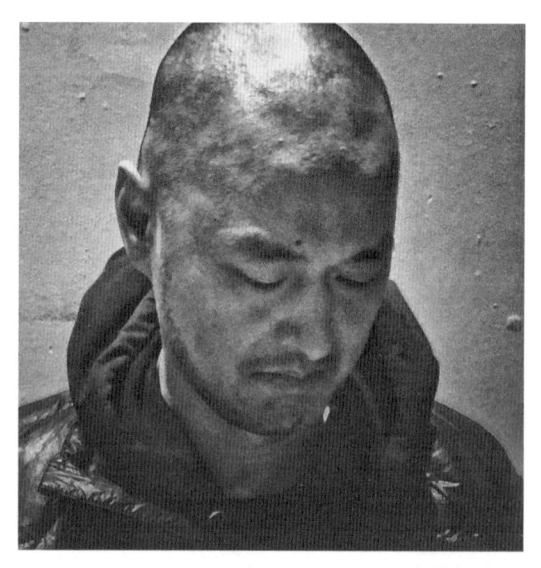

李野夫 摄影

难能的是当一辈子"流氓"

亨利·米勒是我了解的文化人物中,元气最足的。

从古到今,有力气的人不少,比如早些写《人间喜剧》的巴尔扎克,晚些写《追忆似水年华》的普鲁斯特,中国的写一百七十万字《上海的早晨》的周而复和写二百万字《故乡面和花朵》的刘震云。这些人突出的特点是体力好,屁大股沉,坐得住,写字快,没有肩周炎困扰,椎间盘不突出。他们的作用和写实绘画、照相机、录像机、录音机差不多,记录时代的环境和人心,有史料价值。

从古到今,偶尔也有有元气的人,他们的元气可能比亨利·米勒更充沛,但是由于各种不同的原因,留下的痕迹太少,我无法全面了解。比如孔丘,抛开各种注解对《论语》做纯文本阅读,感觉应该是个俗气扑鼻倔强不屈的可爱老头,一定是个爱唠叨的人,但是,当时没有纸笔,如果当时让孔丘直抒胸臆,现在大熊猫一定是没有竹子吃了,长跑运动员一定是没有王八汤喝了。耶稣对做事的热情大过对论述的热情，不写血书，只让自己的血在钉子进入自己肉体的过程中流干净。佛祖可能在文字身上吃过比在女人身上还大的亏，感觉文字妖孽浓重，贬低其作用：如果真理是明月，文字还不如指向明月的手指，剁掉也罢。晚些的某些科学家，想来也是元气充沛的人，比如爱因斯坦，热爱妇女，写的散文清澈明丽，可能是受到的数学训练太强悍，成为某种束缚，他最终没能放松些，多写些。

亨利·米勒是思想家。亨利·米勒的小说没有故事，没有情节，没有成型的人物，没有开始，没有结束，没有主题，没有悬念，有的是浓得化不开的思想和长满翅膀和手臂的想象。真正的思想者，不讲姿势，没有这些故事、悬念、人物像血肉骨骼一般的支撑，元气剽悍，依旧赫然成型。既然不依俗理，没有系统，亨利·米勒的书可以从任何一页读起，任何一页都是杂花生树，群英乱飞，好像"陌上花开，君可缓缓归"。在一些支持者眼里，亨利·米勒的每一页小说，甚至每十个句子，都能成为一部《追忆似水年华》重量级的小说的主题。外国酒店的床头柜里有放一本《圣经》的习惯，旅途奔波一天的人，冲个热水澡，读两三页，可以气定神闲。亨利·米勒的支持者说，那本《圣经》可以被任何一本亨利·米勒的代表作替代，起到的作用没有任何变化。别的思想家，是在大量阅读的基础上，站在巨人们的肩膀上，添加真正属于自己的一层砖瓦，然后号称构建了自己的体系。亨利·米勒不需要外力。一个小石子，落在别人的心境池塘里，智识多的，涟漪大些，想法多些；智识少的，就小些，少些。亨利·米勒自己扔给自己一个石子，然后火山爆发了，暴风雨来了，火灾了，地震了。古希腊的著名混子们辩论哲学和法学，南北朝的名士们斗机锋，都有说死的例子，如果把那些场景记录下来，可能和亨利·米勒的犀利澎湃约略相似吧。

亨利·米勒是文学大师。崇拜者说，美国文学始于亨利·米勒，终于亨利·米勒。他一旦开始唠叨，千瓶香槟酒同时开启，元气横扫千军。亨利·米勒是唯一让我感觉像是个运动员的小说家，他没头没尾的小说读到最后一页，感觉就像听到他气喘吁吁地说："标枪扔干净了，铁饼也扔干净了，铅球也扔干净了。我喝口水，马上就回来。"

我记得第一次阅读亨利·米勒的文字，天下着雨，我倒了杯茶，亨利·米勒就已经坐在我对面了，他的文字在瞬间和我没有间隔。我在一秒钟的时间里知道了他文字里所有的大智慧和小心思，这对于我毫无困难。他的魂魄，透过文字，在瞬间穿越千年时间和万里空间，在他绝不知晓的北京市朝阳区的一个小屋子里，纠缠我的魂魄，让我心如刀绞，然后胸中肿胀。第一次阅读这样的文字对我的重要性无与伦比，他的文字像是一碗豆汁儿和刀削面一样有实在的温度和味道，摆在我面前，伸手可及。这第一次阅读，甚至比我的初恋更重要，比我第一次抓住我的小弟弟反复拷问让他喷涌而出更重要，比我第一次在慌乱中进入女人身体看着她的眼睛、身体失去理智控制更重要。几年以后，我进了医学院，坐在解剖台前，被福尔马林浸泡得如皮球般僵硬的人类大脑摆在我面前，伸手可及。管理实验室的老大爷说，这些尸体标本都是解放初期留下来的，现在收集不容易了，还有几个是饿死的，标本非常干净。我第一次阅读亨利·米勒比我第一次解剖大脑标本，对我更重要。我渴望具备他的超能力，在我死后千年，透过我的文字、我的魂魄纠缠一个同样黑瘦的无名少年，让他心如刀绞，胸中肿胀。那时，我开始修炼我的文字，摊开四百字一页的稿纸，淡绿色，北京市电车公司印刷厂出品，钢笔在纸上移动，我看见炼丹炉里炉火通红，仙丹一样的文字珠圆玉润，这些文字长生不老。我黑瘦地坐在桌子前面，骨多肉少好像一把柴火，柴火上是炉火通红的炼丹炉。我的文字几乎和我没有关系，在瞬间，我是某种介质，就像古时候的巫师，所谓上天，透过这些介质传递某种声音。我的文字有它自己的意志，它反过来决定我的动作和思想。当文字如仙丹一样出炉时，我筋疲力尽，我感到敬畏，我心怀感激，我感到一种力量远远大过我的身体、大过我自己。当文字如垃圾一样倾泻，我筋疲力尽，我感觉身体如同灰烬，我的生命就是垃圾。

亨利·米勒一辈子思考、写作、嫖妓。他的元气，按照诺曼·米勒的阐释，是由天才和欲望构成的，或许这二者本来就是同一事物的两面。我听人点评某个在北京混了小五十年的老诗人，其中有一句话糙理不糙:"流氓,每个有出息的人小时候都或长或短地当过,难得的是当一辈子流氓。"这个评论员说这番话的时候,充满敬仰地看着老诗人。老诗人喝得正高兴,下一顿的老酒不知道在哪里。他二十出头的女朋友怀着他的孩子坐在他的身边,老诗人偶尔拍拍他女人的身体,深情呼唤:"我的小圆屁股呦。"

亨利·米勒讲起过圣弗朗西斯,说他在思考圣徒的特性。Anais Nin 问为什么,他对 Anais Nin 说:"因为我觉得我是地球上最后一个圣徒。"

春风十里不如你

风雨一炉，满地江湖

我偶尔想："如果没有我老爸，我一定变成一个坏人。"后脖子凉风吹起，额头渗出细细的薄薄的一层冷汗。

老爸和老妈是阴阳的两极，没他们，我有可能看不见月亮，领会不到简单的美好。印尼排华的时候，老爸就带着七个兄妹回国。老爸从小没见过雪，他就去了长春。老爸差点没被冻死，又从小没见过天安门，他就来到北京，娶了我妈。在北京，艰难时期的时候，差点被饿死，他卖了整套的莱卡器材和凤头自行车，换了五斤猪肉，香飘十里。改革开放后，老妈开始躁动，像一辆装了四百马力引擎的三轮车，一个充了100%氢气的热气球，在北京、在广州、在大洋那边，上下求索，实干兴邦，寻找通向牛×和富裕的机会，制造鸡飞狗跳、阴风怒号、兵荒马乱、社会繁荣的气氛。我问老爸，老妈怎么了？"更年期吧。"老爸说。从那时候起，老爸开始热爱京华牌茉莉花茶。老妈满天飞舞的时候，老爸一椅，一灯，一茶杯，一烟缸，在一个角落里大口喝茶，一页页看非金庸非梁羽生的情色武侠小说，侧脸像老了之后的川端康成。

老爸喝茉莉花茶使用各种杯子，他对杯子最大的要求就是拧紧盖子之后，不漏。"你喝茶的尿罐儿比家里的碗都多。"老妈有时候说。有老爸的地方就有茉莉花茶喝，我渐渐形成生理反射，想起老爸，嘴里就汩汩地涌出津液来。老爸对茶的要求，简单概括两个字：浓、香。再差的茶放多了，也可以浓。通常是一杯茶水，半杯茶叶，茶汤发黑，表面起白沫和茶梗子。再浓的茶，老爸喝了都不会睡不着，老爸说，心里没鬼。我问，我为什么喝浓茶也不会睡不着啊？老爸说，你没心没肺。因为浓不是问题，所以老爸买茶叶，就是越便宜越香，越好。老爸在家里的花盆里也种上茉莉花，花还是骨朵儿的时候，摘了放进茶叶，他说，这样就更香了。小时候的熏陶跟人很久，我至今认为，茉莉是天下奇香。

我对我初恋的第一印象，觉得她像茉莉花。小小的，紧紧的，香香的，白白的，很少笑，一点都不闹腾。后来，接触多了，发现她的香气不全是植物成分，有肉在，和茉莉花不完全一样。后来，她去了上海，嫁了别人。后来，她回了北京，进出口茶叶。我说，送我些茶吧。她说，没有茉莉花茶，出口没人要，送你铁观音吧，里面不放茉莉花，上好的也香。

十几年来，我初恋一直买卖茶叶，每年寄给我一小箱新茶，六小罐，每罐六小包。"好茶，四泡以上。"她说。箱子上的地址是她手写的，除此之外，没有一个闲字，就像她曾经在某一年，每天一封信，信里没有一句"想念"。

我偶尔问她，什么是好茶？她说，新，新茶就是好茶。我接着问，还有呢？她说，让我同事和你说吧。电话那头，一个浑厚的中年男声开始背诵："四个要素，水，火，茶，具。水要活，火要猛，茶要新，具要美。古时候，每值清明，快马送新茶到皇宫，大家还穿皮大衣呢，喝一口，说，江南春色至矣。"我把电话挂了。

香港摆花街的一个旧书铺关张了，处理旧货。挑了一大堆民国脏兮兮的闲书。老板问，有个茶壶要不要，有些老，多老不知道，不便宜，三百文，我二十年前买的时候，也要两百文。壶大，粗，泥色干涩。我付了钱，老板怕摔坏，用软马粪纸层层包了。

我把茶放进壶里，冲进滚开的水。第一泡，浅淡，不香，仿佛我最初遇见她，我的眼神滚烫，她含着胸，低着头，我闻不见她的味道，我看见她刚刚到肩膀的直发左右分开，露出白白的头皮。第二泡，我的目光如水，我的心兵稍定，她慢慢开始舒展，笑起来，我看到她脸上的颜色，我闻见比花更好闻的香气。第三泡，风吹起来，她的衣服和头发飘浮，她的眼皮时而是单时而是双，我闭上眼，想得出她每一个细节，想不清她的面容，我开始发呆。第四泡，我拉起她的手，她手上的掌纹清晰，她问："我的感情线乱得一塌糊涂吧，你什么星座的？"我说，"世界上有十二分之一的人是我这个星座的啊。"香气渐渐飘散了，闻见的基本属于想象了。

我喜欢这壶身上的八个字:"风雨一炉,满地江湖",像花茶里的干枯的茉莉花一样,像她某个时刻的眼神一样,像乳头一样,像咒语一样。

饭局酒色山河文章

我和艾丹老哥哥混上是通过书商石涛。我的第一本小说出得很艰难,历时十一个月,辗转二十家出版社。结果仿佛是难产兼产后并发症的妇人,孩子没生几个,医生、护士、其他像生孩子一样艰难创作的作家倒是认识了一大堆。

那天是在平安大街上一个叫黄果树的贵州馆子,有二锅头,有狗肉,有我,有艾老哥哥,有石涛,有孔易,有两个女性文学爱好者,有刚刚做完肛肠手术的平面设计大师陈丹。最惨的就是陈丹,不能大碗喝酒,大块吃肉,双手还要像体操运动员一样把屁股撑离椅面,免得手术创口受压肿痛。艾老哥哥说:"叫两个小菜吃吃。"于是就定下了之后所有见面的基调:有饭局有酒有色。

饭局。地点遍布京城,去得最多的是"孔乙己"。江南菜养才子,孔乙己生活在低处、从不忘记臭牛×,鲁迅思想端正、道德品质没有受过污染,所以我们常去。饭局中,最牛×的就是我艾老哥哥。据《北京青年报》报道,艾老哥哥是三里屯十八条好汉之首。他在饭局和酒局里散的金银，足够收购十八家"孔乙己"和十八家芥末坊。这辈子到现在，我见过三个最牛×的人，第一个是我大学的看门大爷，他一年四季穿懒汉鞋，一天三顿吃大蒜。第二个是我实习时管过的一个病人，当时同一个病房还住了一个贪官，天天有手下来看他，带来各种鲜花和水果，还住了一个有黑道背景的大款，天天有马仔来看他，带来各种烈酒。我管的那个病人是个精瘦小老头，十几天一个人也没来看过他，一个人蜷缩在角落里，忽然一天，来了十几个美女，个个长发水滑，腰身妖娆，带来了各种哭声和眼泪。我的精瘦病人是舞蹈学院的教授，和李渔一个职业，指导一帮戏子，我觉得他非常牛×。第三个就是艾老哥哥，听人说，万一有一天，老哥哥落魄了，他吃遍京城，没有一家会让他买单。

酒。十回饭局，九回要喝大酒。男人长大了就变成了有壳类，喝了二锅头才敢从壳里钻出来。艾老哥哥，一个"小二"（二锅头的昵称）不出头，两个"小二"眨眼睛，三个"小二"哼小曲，四个"小二"开始摸旁边坐着的姑娘的手，五个"小二"开始摸旁边坐着的某个北京病人的手。艾老哥哥酒量深不见底，他喝"小二"纯粹是为了真魂出壳，为了趁机摸姑娘。更多的人喝了五个"小二"之后就当街方便，酒高了，比如孔易。

色。十回饭局，十回有色。文学女青年，文学女学生，文学女编辑，文学女记者，文学女作家，文学女混混，文学女流氓，文学女花痴。不过，有时是春色，有时是菜色，有时是妖精，有时是妖怪。艾老哥哥伟大，他的眼里全是春色，全是妖精，尤其是十道小菜之后，五个"小二"之后。艾老哥哥眼里一点桃花，脸上一团淳厚，让我想起四十几岁写热烈情诗《邮吻》的刘大白。

如果艾丹是棵植物，饭局是土，酒是水，色是肥料，艾丹的文章就好像是长出来的花花草草。从新疆到旧金山，到纽约，一万里的山河；从小混混到愤青，到中年理想主义者，二十年来家国，都落到一本叫《艾丹作文》的文集里。厚积薄发，不鲜艳，但是茁壮。唯一的遗憾是，花草太疏朗。尤其是当我想到，那么多养花的土，那么多浇花的水，那么多催花的肥料。

文字说到底，是阴性的。我是写文字的，不是做文学批评的。从直觉上讲，艾丹文字最打动我的地方是软弱和无助。那是一种男人发自内心的软弱，那是一种不渴求外力帮助的无助。世界太强大了，女人太嚣张了，其他男人太出色了，艾哥哥独守他的软弱和无助。男人不是一种动物，男人是很多种动物。艾哥哥是个善良而无助的小动物，尽管这个小动物也吃肥肉也喝烈酒。月圆的时候，这个小动物会伸出触角，四处张望，摸摸旁边姑娘的手。

做设计的孔易提议，艾丹、石涛、我和他一起开公司，替富人做全面设计（包括家徽族谱），提高这些土流氓的档次，把他们在有生之年提升为贵族。公司名字都起好了，叫"石孔艾张"

(张是我的本姓),合伙人制,仿佛一个律师行,又有东洋韵味,好像睾丸太郎。和艾丹合计了一下,决定还是算了,原因有二,第一是"石孔艾张"这个名字听上去比较下流,第二是怕我和艾丹在三个月内就把这家公司办成文学社,种出很多花花草草。

我身体里的大毛怪

大毛怪，你好啊。

不知道从什么时候开始，你就一直在我身体里。你否认也没有用，我知道你一直在。

我不是一开始就知道你在那里。两岁前，我没个体意识，没啥感情，没啥审美，没啥记忆，没名，没利，没关系，没涉足江湖，没啥和其他屁孩儿不一样的习惯，困了睡，饿了吃，渴了喝，睡美了吃爽了喝舒服了就乐，得不到就哭，哭也得不到就忘记了，在一个无意识的层次，和佛无限接近。现在想起来，小孩儿也可怜，虽然和佛接近，但是全无力量，任凭大人摆布。我在机场见过小孩儿死命哭，要妈妈买巧克力，妈妈终于买了巧克力，小孩儿哭得更厉害了，因为妈妈打开包装自己把巧克力当着小孩儿面吃光了。我和我很小的外甥同挤一个电梯，他比我膝盖高不了多少，小脑袋从下面顶着我屁股眼，我忍不住放了一个缓慢的不响的臭屁，我感觉他的小手一直死命推我屁股，但是死活推不开。两岁之后，我开始会说话，眼睛到处乱看，耳朵随时倾听，我估计是从那时候开始，你睡醒了，开始生长，一刻不停。

我偶尔想，其实，在我会说话之前，甚至在我出生之前，你就在了，你是老天派来卧底的。这个议题太深了，以后再说。

如果和其他人比，你成熟得比其他人身体里的大毛怪晚。高中之前，我看书、上学、睡觉，食蔬食饮水，三年不窥园，很少差别之心，事物只有品类之分，没有贵贱之分，比如，那时候，我知道运动鞋和凉鞋是有区别的，但是我不知道运动鞋还有耐克和双星的区别。那时候，在北京分明的四季里，我用同样的心情听见白杨树在四季里不同的声音，我很幸福。

在我的记忆里，有三个阶段，你疯狂生长，如雨后春笋、如万科盖楼，三个阶段过后，你啥都明白了，你成了大毛怪。

疯长的第一个阶段是高中，我开始意识到美丑，不再让我爸给我剃平头，留了个长长的分头，把眼睛遮起来，偶尔偷穿我哥的夹克衫，穿着的时候，耳朵里基本听不进任何老师的讲课，耳朵一直听到你这个大毛怪高喊："我今天穿了一件帅气的夹克衫。"我开始意识到男女，忽然有一天觉得女生和男生不同，女生比男生好看，个别的女生比其他女生好看，好多男生总是一致地认为这些个别的女生比其他女生好看。我知道是你这个大毛怪在作怪，而且是班上男生身体里的大毛怪一起在作怪。如果我身体里的大毛怪喜欢西施，其他男生身体里的大毛怪喜欢东施，我抱西施睡觉，他们抱东施睡觉，皆大欢喜，这个世界就容易太平，可是你们这些大毛怪都喜欢西施。在我有了这个发现之后，我开始为世界和平担心。

疯长的第二个阶段是大学后半期。快要毕业了，国家不包分配工作了，每个人的在校成绩不同、GRE/GMAT/TOEFL 成绩不同、爹妈不同、前程不同。女生身体里也有大毛怪，她们的大毛怪也似乎有趋同的要求，她们的大毛怪都喜欢成绩好的、父母有钱有势的、前程远大的男生。在这些大毛怪眼里，男生的成绩、父母和前程似乎远比男生见识的高低、肌肉的强弱和阳具的长短粗细重要。这一点，任何学校都秘而不宣，没有任何老师做任何简单的传授。

疯长的第三个阶段是在我三十岁左右。我医科毕业，MBA 毕业，开始平生第一份全职工作，在麦肯锡做咨询顾问。三十岁时，我出版了我的第一部长篇小说，但是完全没把它当作一件大事儿，那次写作仿佛漫长的冬夜里一次漫长的自摸，过程中意象丰富、天花乱坠，但是，爽了，完了，完了就完了，黎明之后，还得奔向机场，赶早班机，继续工作。这个全职工作是管理咨询，说白了就是帮客户想明白、说清楚、把变革推动起来。我猜想，小一百年之前，那些创始合伙人设计这家咨询公司内部运营系统的时候，应该也参考了他们自己身体里大毛怪的特性，设计出的这个运营系统呈现生物界的温暖和残酷。资深的顾问对于刚入门的顾问手把手倾囊而授，毫无保留，但是每半年一次考评，每两年至少淘汰百分之五十的人员，毫不留情。和我一拨进公司的三十人，或主动离开，或被动淘汰，两年之后只剩了三个。

我偶尔好奇，你在我身体的什么地方，脑子里、心里、血液里？你的作息和我不同，我醒的时候，你或许睡着，我睡着了，你冒出来的机会多些。你疯长的表现就是我会长期地反复地做少数几个类似的梦。过了你第一个疯长阶段，我常常梦见考试，语文考试，我梦见我梦到了作文题目，如果梦对了，梦里就笑出声来；如果梦错了，就从梦里惊醒。过了你第二个疯长阶段，我常常梦见考试，数学考试，偶尔做得出来，基本都做不出来，基本从梦里惊醒。过了你第三个疯长阶段，我常常梦见开会，全部迟到，全部手机没电或者找不到联系人，全部从梦里惊醒。

这三个梦交替出现，尽管我已经出版了五部长篇小说，我还是梦见作文考试，尽管我开过无数的会，我还是梦见开会。从这些梦，我知道，你长歪了，像一个盆景，貌似完整，其实残缺，貌似美丽，其实拧巴。你干扰了我的幸福，你是个大毛怪。

你这个一直在我身体里的大毛怪啊，记住，我一直会调戏你的。不知道在将来无尽的岁月里，是你死还是我活、是同归于尽还是相安无事。我隐约感到，我如果能彻底灭了你，我就在另一个层次，离佛不远了。

这次就先到这里，下次再说。

如何成为一个怪物

潘石屹 摄影

像狗子一样活去

我今年三十,从小到大,总共有过三个梦想。

我的第一个梦想是当一阵小流氓。那时候,可崇拜的太少,三环路还没模样,四大天王还没名头,开国将帅多已过世。那时候,街面上最富裕的是劳教出来没工作两把菜刀练瓜摊儿的,最漂亮的是剃了个刘胡兰头一脸正气的刘晓庆,最滋润的是小流氓。当小流氓,不用念书,时常逃课,趿拉着塑料底布鞋,叼着"大前门"。小流氓们时常聚在一起,集体观看警匪片、三级片。当流氓自然要打架,练习临危不乱、挺身而出、舍生取义等将来当爷们儿的基本素质。小流氓们没架打的时候,也难免忧郁,于是抱起吉他学邓丽君唱《美酒加咖啡》,或者抱起女流氓说瞧你丫那操行一点儿不像刘胡兰。

第一个梦想最终没有实现。小流氓们说我不合格,没有潜质。第一,学习成绩太好,没有不及格的;第二,为人不忍,不愿无缘无故抽隔壁大院的三儿;第三,心智尚浅,被女流氓小翠摸了一下手，脸竟然红了起来。

　　我的第二个梦想是吃一段软饭。原因之一是希望能一劳永逸。我从小热爱妇女，看到姑娘们的裙裾飞扬和看到街上的榆叶梅花开一样欢喜。我从小喜欢瑞士军刀，带一把出去，替姑娘开汽水瓶的起子、记姑娘电话的圆珠笔、帮姑娘震慑色狼的小刀就都有了。所以男大当婚的时候，希望找到一个像瑞士军刀一样的姑娘：旗下三五家上市公司，还会作现代诗，还谙熟《素女经》。这样一个姑娘就能满足你心理、生理以及经济上的全部需要。原因之二是渴求男女平等。男色也是色，也是五颜六色的一种，也应该和女色有同等的地位。一些男人有一颗好色的心，并不排除另一些男人有一张好颜色的脸。

　　第二个梦想最终没有实现。最接近的一次，姑娘上妆之后，容貌整丽，好像榆叶梅花开，一点瞧不出实际年龄。手下三五百号人，写的现代诗也旷然淡远，其中一句我现在还记得，"我念了一句瞧你丫那操行，天就黑了下来"，读《素女经》也挑得出错儿，说"不就是老汉推车吗？还拽什么文言，弄些鸟呀兽的好听名字"。我的瑞士军刀有一天丢了，我替姑娘开汽水瓶的起子、记姑娘电话的圆珠笔、帮姑娘震慑色狼的小刀一下子都没了。我想，风险太大了，软饭吃习惯了，以后别的都吃不了。可能忽然有一天，心理、生理、饭票都没了，还是算了吧。至于男女平等，还是让那些长得像F4那样有男色的去争取吧。我自己照了照镜子，如果这也叫颜色，那鸡屎黄鸟屎绿也叫颜色了。

我的第三个梦想是像狗子一样活去。我第一次见狗子，感觉他像一小盘胡同口小饭馆免费送的煮花生米，他脑袋的形状和颜色跟煮花生米像极了。狗子的活法被他自己记录在一本叫《活去吧》的随笔集里，"我全知全能却百无一用"，"名利让我犯晕……至于名利双收，当然好了，但我一般想都不敢想"，"我们整天什么都不干，却可以整天吃香的喝辣的，这就是20世纪50年代我国人民向往的共产主义吧"，"你们丫就折腾我吧"，"自古英雄皆寂寞，唯有饮者留其名"。就像《钢铁是怎样炼成的》一样，当我三十年后回首往事的时候，我怕我因没像狗子一样活去而悔恨。

一本描述一种生活方式的书，文笔不应该在被评论的范围，但是比起以前出的《一个啤酒主义者的独白》，狗子的文笔的确有长进，其中《活去吧》一篇绝对是当代名篇，百年后会被印成口袋书，被那时候的小姑娘随身携带。可能酒喝出来了，文笔自然就跟着长出来了。现代社会和古代相比，太便宜了当姑娘的。当姑娘的，会唱个卡拉OK、连《唐诗三百首》都没读过就冒充当代李师师了。过去"李白斗酒诗百篇"，拿到现在，一篇七绝二十八个字，百篇也就是一篇随笔的量，有什么好牛×的。狗子喝百扎啤酒，回家炸着脑袋还要想十万字的小说如何布局谋篇，所以狗子和啤酒奋斗的精神与日月同辉。

我不知道我第三个梦想最终能不能实现,我现在的生活充实而空洞。我不敢重读《月亮和六便士》,我不看高更的画。我翻陆游的《放翁词自序》:"少时汩于世俗,颇有所为,晚而悔之。然渔歌菱唱,犹不能止。"当下如五雷轰顶。

让自己和身体尽人力

我中学的同桌一直生得壮实,以前常住美国,最近常住北京,常运动,总发给我各种她跑步的路线图,路线图总在我生长的垂杨柳附近,总说一起去跑步,毫无私情,仿佛小时候在八十中、三里屯附近溜达。有次我正巧在,于是一起去,从广渠门向南,沿着护城河外圈跑到永定门,再换到护城河内圈折返,一身汗,又一次深切体会到跑步的好处。

跑步,救过我两次,如今是第三次救我。

第一次是在小学。我从小多病,小学三年级之前总被父母带着去复兴门附近的儿童医院,那个儿童医院很大,后来我熟悉得常常指点父母哪里是哪里。小学三年级之后的一个班主任充满常识,很严肃地和我谈,身体这样下去不行啊!我说,这样,以后我走路的时候就跑,一路小跑,跑习惯了,身体或许就好了。后来,我就严格执行了,从小学门口到我家,跑十分钟。我书包叮当作响,我跑上三楼,跑进家,我爸的炒菜就上桌了。我爸说,他一听到我书包的响声就葱姜下锅,我跑进家门,菜就刚熟。我跑去报亭买报,我跑去副食店买散装白酒,我跑去工厂洗澡,后来,我真不用去儿童医院了。

第二次是在军校。念北大之前,我在信阳陆军学院军训了一整年。到军校报到的时候,我一米八零,一百零八斤,一年之后,离开军校的时候,一百五十斤。在军校,每天早上六点起,跑半小时步,再吃饭。每顿早饭两个馒头,每个馒头比我脑袋都大。一年军校的底子让我吃了二十年。这二十年的运动只有:念书、思考、饮酒、蛋逼、写作、开会、坐车、乘机。到了四十岁前后的时候,我发现,底子吃没了,再不锻炼,再不跑步,不行了。还是一百三四十斤,但是和以前的分布不同了,二十年前是一棵树,抵抗万有引力,昂扬挺立;现在是一口袋劈柴,顺着万有引力,就坡下驴。还是念书、写作,但是两三个小时之后,腰背就痛得叫喊,再也没有物我两忘、晨昏恍惚的状态了。

所以又想起在过去救过我两次的跑步,重新开始跑步。随身的行李箱里永远放一双跑鞋、一条短裤、两件换洗的圆领衫,我继续原来的野路子,按照以下五个原则,跑步:

第一,敢于开始。和写作一样,最难的是开始。开始是成功的一半,挤出一个小时,逼逼自己,放下手机,去风里跑跑,风会抱你。

第二,必须坚持。又和写作一样,不想再继续的时候,再坚持一下，在所有的情况下，会越来越轻松。听各路神仙说，如果想有任何效果，至少跑半个小时，最好一个小时。

第三，忘掉胜负。和写作一样，本来就没有输赢，不和这个世界争，也不和别人争，更不要和自己争。争的结果可能是一时牛×，也可能是心脑血管意外，后者造成的持续影响大很多。

第四，享受成长。跑起来之后，很快发现，渐渐地，一千米不是问题了；渐渐地，三千米不是问题了；渐渐地，一万米不是问题了。身体很贱，给它足够时间适应，它就能干出很多让你想不到的事儿。又和写作一样，三年一本书，十几岁开始写起，四五十岁的时候，你就写完了十本书。

第五，没有终极。又和写作一样，涉及终极的事儿，听天，听命。让自己和身体尽人力，其他不必去想，多想无益，徒增烦恼。

在这五个跑步原则下，跑步给我带来十个好处：

第一，欣快。肉体运动，肌腱伸缩，坚持一段时间，内啡肽和多巴胺分泌加强，不用药品不用酒精，自然欣快。

第二，甜睡。跑到量之后，身体持续微微发热，倒头便睡，一觉儿天亮，做梦都梦到睡觉。

第三，能吃。跑完之后，洗个澡，真饿啊，上菜之前恨不得把筷子当成竹子吃了。等菜上来，狂吃，因为跑步已经耗掉了好几百大卡，心里毫无压力。

第四，能瘦。规律跑步之后，体重能抵抗年岁的压力。人过了四十，很多事儿逐渐看开，但是一觉儿醒来，发现腰身还能套进大学时代的牛仔裤，还有肉眼可及的髂骨和腹肌，还是会开心地笑出声来。

第五，去烦。与其一起撮饭，不如一起流汗。年纪大了之后，聚在一起常常不知道说些什么，尽管没去过南极，但是也见过了风雨，俗事已经懒得分析，不如一起一边慢跑，一边咒骂彼此生活中奇葩一样摇曳的傻×。

第六，感受。航空业的确已经发达很久了，行万里路不再是牛×的标准之一，但是很多小时候走过的路我们还没重新走过，和读老书一样，再走一次，再跑一次，很多复杂的感受会超出语言表达的极限。很多小时候没走过的路还是该走——尽管生长在北京，北京很多好玩的地方我还是没去过，所以找个晴天，跑十公里，去牛街吃羊杂。

第七，充电。长期写作一次次提醒我，不跑步不行了。尽管鸡鸡还是能晨僵，但是一天写完五千字，如果不跑一小时，第二天完全写不出蹦蹦跳跳的段落和句子。四十岁之后的春节，我只做三项运动：写作、跑步、陪父母吃饭听他们骂街。

第八，放下。跑步能让脑子暂时停止思考，脑子的闪存清空，绝大多数的纠结抹平。如果还放不下，就再跑五公里。放下之后再拿起，心神中会多出很多新意。

第九，偶遇。我在跑步中遇上过黑莓、很多毛的狗、不知名的花、不知名的面目姣好的女子。

第十，独处。没有其他人，没有经常看手机的一个小时，胜却人间无数。跑步，谢谢你。

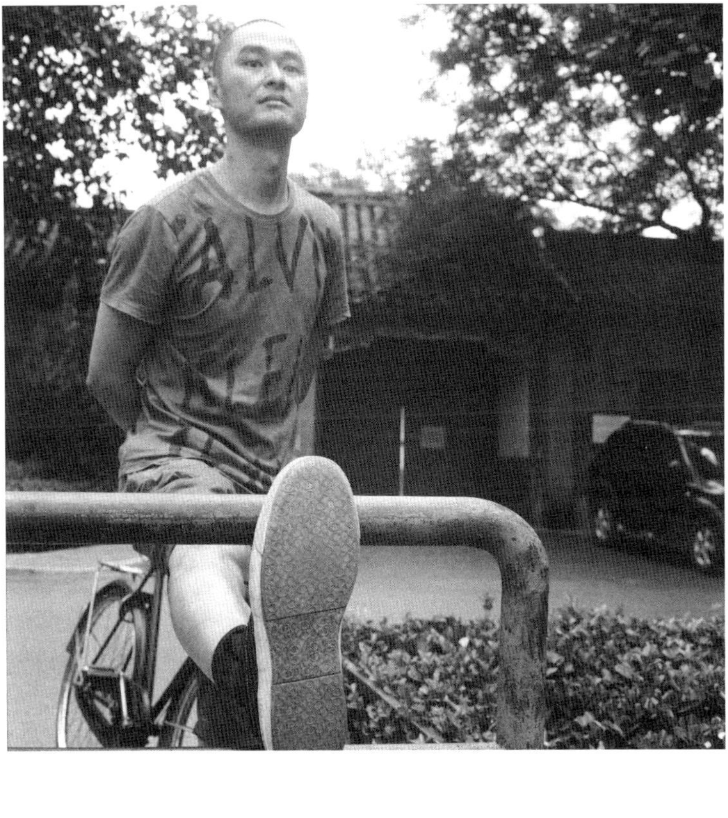

我的第一次濒死体验

"开门,开门!"我依稀听见连续的敲门声,睁眼一看,一个建筑工人正在抱着三块木板从我面前走进一扇门,我正侧躺在一张简易床上,简易床正在急诊观察室的某个门边,这扇门打开后,是一个正在施工的房间。

我看到急诊观察室各种姿势躺着的病人和各种姿势陪着他们的亲友,我看见我的几个小伙伴儿们,我看到我躺着的胴体,我看到胴体上插着的吊瓶,吊瓶里有液体在一滴一滴落下来。不用问,我知道我是在医院,看急诊观察室的规模,应该是个三甲医院,看周围保安的数目和眼神凌厉程度,应该是个著名三甲医院。我问一个小伙伴儿:几点了?他说:下午一点了,您从楼梯摔下去了。我想了想我有意识的上一个时间点,那是昨天十点左右了,其间,我失去了意识十多个小时。我忽然意识到,这次是我距离死亡最近的一次,我的第一次濒死体验。

我最近的确见人开会太多,见人应酬太多,更加没有周末,一直觉得累,连续两天各跑了一个十公里跑还是觉得累,连续睡了十个小时还是觉得累。过去三十年,我缓解这种累主要靠得一次感冒。通常是在飞机上,起飞前还没盖好毯子,太累,人就已经睡着了,飞机落地,喷嚏不止,人已经妥妥地感冒,人经松软成一摊泥,松软几天,感冒好了,人也就没那么累了。最近几年注意了和感冒的搏斗,比如坐飞机一定穿帽衫,冬天还加件儿坎肩儿,稍有感冒症状就吃预防感冒神药,很少得感冒了。我隐约觉得劈我的雷应该已经在路上,但是没想到是这种方式。

前天是个周六,十五年后,我又一次在上海办签售会,很真诚地回答了小十个主持人和现场读者的问题,很认真地照了集体照,很仔细地签名,签了一千来本书。之后又聊了一场医疗相关的生意,晚饭时间到了,找过去熟悉的小伙伴儿们喝酒。

估计有长期疲惫不能准确判断酒精承受力的原因,估计有年纪大了的原因,估计还有可能喝了假酒,我忽然完全断片。我记忆里上一个瞬间还是觉得自己状态不错地又干了一杯,再一个瞬间就看到医院急诊观察室了。很像我第一次在全麻状态下做无痛肠镜,我一直想,我的意志力号称强大,我来抵抗一下麻药,结果麻药下去之后,麻醉师问:怎么样?我说:还好。然后就人事不知,再清醒,肠镜已经不在身体里了,一切结束。

后来听说,我从楼梯上摔下,反复几摔,持续昏迷,医院CT检查,蛛网膜下腔出血,如果出血不止,我有可能一直昏迷到死。

后来老天不要我，酒醒了，我也醒了一半，再查CT，颅内血消失，上海医生说恢复能力惊人，可以坐长途火车回京再看医生，但是最好不要坐飞机。

我坐火车回京让天坛医院赵元立师兄再看一眼。颅内血没了，但是脑震荡综合征明显，晕、说话不清、肌肉协调性差、视野微受损、全身痛，好像是被人莫名其妙地打了一顿，眼眶、下颌、肘都痛，最痛的地方是在左腰眼，"谁打了我一顿啊？尤其是左后腰那一脚太狠啦。"

赵师兄确定我没大事，要求我绝对静养一周，不能出门，说，好处是或许又换了一个脑子，能成为另一个不一样的天才，也可能就此成为傻×。我焦急地问：其实我身体底子不错，血管和血凝也没什么问题，血压控制也挺好，一周之后我就能出差了吧？一周坐三四次飞机不算多吧？喝酒呢？几周之后可以再喝酒（如果保证是真酒）？几周之后可以跑步（如果保证不追求给人最好成绩）？赵师兄温和地看了我一眼，仿佛我已经是个傻×了。

二十四小时没碰手机，脑子稍稍清醒，视野逐渐重合，打开手机，手机里2376条新微信。手机已经是人类一个巨大的AI，有不少人已经在问我怎么了、发生了什么情况，要求回复、要求报平安。我试了试我的手机，脸部识别通过，"嗯，我的盛世美颜还在"，试了试微信打字，有点慢，但是基本在可以忍受的范围内，试了试语音转文字，准确度没下降，试了试手机银行，密码都记得，喝了碗粥，肉和菜的味道还是不同了，拿笔划拉了两个毛笔字，还看得出是我右手写的，嗯，我神经中枢的基本功能还在。

我编了一个微信通稿：近四十八小时联系少，汇报一下近两天我身体状况。实在抱歉，我悲剧了，在楼梯上跌倒，摔出颅内蛛网膜下腔出血，病情已经控制，勿念，但是一周内需要绝对静养，不能出门，不能跑步，不能性交，不能饮酒。我们这周约的见面只好取消。实在抱歉，给您添麻烦了。我还能回微信和电邮，就是会稍慢，请您见谅。

昏睡和喝粥结合，用我暗黑的方式康复了两天，我偶尔思考，其间值得记录的事情包括：

第一，感谢陪着我以及第一时间赶来帮忙的小伙伴儿们，感谢那些为我提供各种诊疗方案的医疗专家，没你们，我或者就挂了，或者比现在凄惨百倍。

第二，我回家静养之后，我哥在没经过我许可的前提下带我老妈来。我老妈号称她掌握的蒙医绝学中有朴实刚健的锤击、踹足，对于脑震荡后遗症等外伤颇具疗效，如果我视野中出现大片红色，她就一定能治好。我没见她，我要绝对静养，我吼了我哥一句，"我不病的时候有精神陪你俩玩儿，我现在病了，只能自己先照顾自己了。医生说了，最担心我二次颅内出血，再出血，我可能连妈都不会叫了。"

第三，在任何地方出现急症，特别是脑部急症（意识丧失或者喷射性呕吐或者嘴歪眼斜或者四肢无力等），一定要尽快去当地急救中心或者排名靠前的脑科医院，这类急症因为等待而付出的代价可能过高。

第四，四十岁之后，要多和一些医生交交朋友，他们或者是某些医疗领域的专家或者具备完备的常识。多数地方的急诊室往往不是非常靠谱，设备和人员在紧急情况下动作偶尔会变形，急症紧急处理后，这些专家能帮你完善下一步诊治。

第五，我真是一个贪财的金牛座啊。人从楼梯跌倒，脑子完全断片儿，第一次濒死之后，发现身上什么都没丢、什么都没坏：手机完好，良渚玉镯完好，卡包健全，身份证件、信用卡、酒店房间卡都在呢。当时肉身是用怎样的姿势在无意识中滚下楼梯、苦了筋骨保全了诸多身外之物？

第六，工作其实可以是种无上快乐。我二十多年来多线程疯狂工作，忽然不能工作了，必须绝对静养，实在太难受了。慢下来，是种修行，我不知道我能不能修炼出来。日本合作方的大西先生知道了我不能如约开会的原因，让同事传话："健康第一，工作第五"，好好静养，趁机休息一下。工作了这么多年，要开始学学休息了，这几天下来，感觉没想象中那么容易。

第七，全面减少应酬。林进老师非常严肃地告诫我：让你戒酒太残忍（岁月和知名度已经让你很大程度上戒色了），但是有楼梯没电梯的喝酒地儿不要去了，摔到头部是非常危险的。而且，可去可不去的应酬不要去了，让他们看你的书、去你推荐的医院好了，应酬太耗神，你是该得社交恐惧症的时候啦。你放不下医疗投资，那就势利一点，只见能给你钱、给你项目的人。

第八，以我的梦境观照，我颅内出血后，毛笔字和诗艺都会有精进，敬请期待。

第九，我梦见在摔晕后到过一个陌生世界的门口，基本设置和人间没有本质差别（至少是这个门口），把守的官员给了我三个选项，因为头晕，我犹豫了很久，无法抉择，官员烦了，又把我推回了人间。

这几天，仿佛在出生之后，"我"作为一个智能系统第一次重启，连续昏睡，连续醒来。醒来时候，偶尔后怕，比如，如果真的半身不遂了怎么办？比如，这次意外之后，三观里，哪些更确定了？哪些有了改变？比如，我这次如果真挂了，谁会得利、会开心？谁会倒霉、会难过？越发笃定的是：要及时行乐，要尽快去做自己想做的事，无常是常，就在门外，就在路边。那些恨我的人，请继续，甚至请更加凶狠。那些爱我的人，请不要悲伤，尽快快乐起来，生命中充满无常，没有什么是绝对不可失去的，没有什么是不可替代的。如果我真挂了，请尽快快乐起来。这才是生命的本质和我最真诚的愿望。

二 很多了不起和钱没关系

钱可以比别人少,
名可以比别人小,
活得可以比别人短,
但是心灵必须比其他任何人更柔软流动,
脑袋必须比其他任何人想得更清楚。

很多了不起和钱没关系

人从小到大,有几个基本问题,躲也躲不过,比如:情是何物?性是何物?一生应该如何度过?人从哪里来?时间之外是什么?为什么伦理道德长成这副模样?

小陶朱公子,因为你是财神的儿子,嘴巴里塞满银行卡出生,因为你生下来就有的钱不是通常意义上想吃点什么就吃点什么、想干点什么就干点什么的钱,而是能想让很多人吃什么他们就吃什么、想让他们干什么他们就干什么的钱,所以和其他普通人相比,你很早还遇上另一个问题,躲也躲不过:钱是什么东西?

我想你一定问过你的财神爸爸,他一定有他的说法,我现在也和你唠叨唠叨,方便你比较。你应该知道,所有这些躲也躲不开的问题,都没有标准答案。将来你如果遇见那些坚持只有一种标准答案的,绝大多数是傻子,极少数是大奸大滑,把你的脑子当内裤洗,把你变成傻子。总之,对于这些问题,你能多理解一种新的说法,你的小宇宙就更强悍一些。

从一方面讲,钱不是什么东西,你有钱没什么了不起。

很多了不起和钱一点关系都没有。

比如曾经有一个诗人,有天晚上起来撒尿,见月伤心,写了二十个字:"床前明月光,疑是地上霜。举头望明月,低头思故乡。"两千年之后,亿万小学生们起夜小便,看到月亮,都想起这二十个字。这,很了不起,但是和钱没有任何关系。

比如曾经有一个小说家,严重抑郁,平常待在人烟稀少的纽约远郊区。实在吃腻了自己做的饭菜,实在厌倦了自摸用的左手和右手,就一路搭车到纽约,在电话黄页里找到当红女影星的电话,打过去,说,我是写《麦田守望者》的塞林格,我想睡你。然后,他就睡了那个女影星。这,很了不起,但是和钱没有任何关系。

比如曾经有一个画家,年轻的时候血战古人,把所有值得模仿的古代名家都模仿了一个遍,自信造出的假画能骗过五百年内所有行家。后来他到了日本,看到日本号称收藏石涛的第一人,指着此人最珍爱的一套石涛山水册,说是他二十年前的练习。收藏家坚决不信,这个画家说,你找装裱师揭开第四页的右下角,背面有我张大千的私印。这,很了不起,但是和钱没有任何关系。

比如曾经有一个生意人,在手机被诺基亚、摩托罗拉、爱立信等巨型企业半垄断生产了近二十年之后,领导一个从来没有做过手机的电脑企业做出了iPhone。"为什么我会想起来做手机?看看你们手中的手机,我们怎么能容忍自己使用如此糟糕的产品?"这,很了不起,但是和钱没有直接关系。

比如我见过一个陌生人在雨天,在北京,开车。一个行人过马路,匆忙中手里一包桃子掉在马路当中,散落在这个人的车前。这个人按了紧急蹦灯,跳下车,帮行人尽快捡起桃子。这,很了不起,但是和钱没有任何关系。

更简洁的论证是,即使有钱很了不起,但是你有钱也没有什么了不起,因为你的钱不是你挣的。

从另一方面讲,钱是好东西,钱是一种力量,使用好了,你可以变得了不起。

比如培育冷僻的声音。在世界各地挑选一百个民风非主流、生活丰富的地方,每个地方租个房子,提供三餐、网络和一张床。每年找十个诗人、十个写小说的、十个画画的、十个搞照片的、十个设计房子的、十个作曲的、十个唱歌的、十个跳舞的、十个和尚、十个思考时间空间道德律的。不找太畅销的,不找成名太久的,不找有社会主流职务的。这一百个人在这一百个房子里生活一年,没有任何产量的要求,可以思考、创造、读书、自摸、吃喝嫖赌、做任何当地法律不禁止的事儿,也可以什么都不做。

比如延续美好的手艺。在世界最古老的十个大城市,选当地最有传统魅力的位置,开一家小酒店,十张桌子,十间客房。不计成本和时间,找最好的当地厨师、用最好的当地原料、上最好的当地酒,恢复当地历史上曾经有过的最美好的味道、最难忘的醉。

盖标准最严格的当地建筑、用最好的当地家具、配最好的当地织物，恢复当地历史上曾经有过的最美好的夜晚、最难忘的梦。如果在北京开，家具要比万历，香炉要比宣德，瓷器要比雍正，丝织要比乾隆。

比如促进渺茫的科学。对于病毒的理解还是如此原始，普通的感冒还是可以一片一片杀死群聚的人类。植物神经、激素和大脑皮层到底如何相互作用，鸦片和枪和玫瑰和性高潮到底如何相通？千万年积累的石油和煤和铀用完了之后，靠什么生火做饭？中医里无数骗子，无数人谩骂中医，但是中国人为什么能如此旺盛地繁衍存活？需要用西方科学的大样本随机双盲实验，先看看中医到底有没有用，再看看到底怎么有了用。

比如在最穷最偏远的两百个县城中，给一所最好的中学盖个新图书馆，建个免费网吧。在图书馆和网吧的立面上贴上你的名字，再过几年，你就和肯德基大叔一样出名了。召集顶尖的一百个学者花二十年重修《资治通鉴》，向前延伸到夏商，向后拓展到公元二〇〇〇年。再过几百年，你就和吕不韦、刘义庆、司马光一样不朽了。

感觉到了吧，再多的钱也可以不够用，花钱也可以很愉快。

余不一一，自己琢磨。

小猪大道

猪和蝴蝶是我最喜欢的两种动物。

我喜欢猪早于我喜欢姑娘,我喜欢蝴蝶晚于我喜欢姑娘。猪比姑娘有容易理解的好处:穿了哥哥淘汰下来的大旧衣服,站在猪面前,也不会自卑。猪手可以看,可以摸,还可以啃,啃了之后,几个小时不饿。猪直来直去,饿了吃,困了睡,激素高了就拱墙壁,不用你猜它的心思。猪比较胖,冬暖夏凉,夏天把手放到它的肉上,手很快就凉爽了。猪有两排乳房,而不是两个。这些好处,姑娘都没有。

发行第一套生肖猴票(T46,庚申猴)的时候,由于只发行了三百万张,半年就从八分钱的面值升到两块。那时我上小学,才学了算术。我和我老妈算:全国十亿人,三百多人才轮上一张猴票,这三百多人里就有三十来个属猴的,猴票的价格还得涨。我老妈给了我两块钱,放在贴肉的兜里,叫我去黑市买猴票。我在崇文门邮市买到猴票之后,在王府井附近一个工艺品商店的橱窗里看见了一个猪造型的存钱罐。造型独特，我从没见过。青底青花，母子猪，大猪在下面驮着上面的小猪，两头猪都咧嘴乐着，小猪背上开了一个口子，钢镚儿就从那里进去，标价两块。我立刻觉得，同是两块钱，比猴票值。一、两个猪比一个猴，多；二、培养攒钱的好习惯；三、那个大猪身材像我老妈，大腿粗，小腿极细。我跑到东单邮电局邮市，两块两毛卖了那张猴票，买了母子猪存钱罐子，又买了一根奶油双棒冰棍。我告诉我老妈，我老妈夸我算术学得好，日回报百分之十，这一天过得有意义。

又过了两年，庚申猴票涨到十块一张了，母子猪存钱罐满大街都看得到了，我遇到邮电局就绕着走，把母子猪塞进床底下。我老妈把钱罐翻出来，摆在我的小书桌上，她说了一句话，这句话二十年后，我在书里听麦兜老妈麦太说起。麦太因为盲目信任麦兜的童子手气而没中六合大彩，麦兜羞愧地低下了头。

我老妈当时和麦太说的一样："我们现在很好。"

麦兜不仅是一只猪，而且是一只生活在低处的猪，一只饱含简单而低级趣味的猪，一只得大道的猪。

麦兜生活在低处，麦兜们天资平常，出身草根，单亲家庭，抠钱买火鸡，没钱去马尔代夫，很大的奢望是有一块橡皮。

我在香港住的地方是老区，统称西营盘，英国人最早打到香港岛，驻扎军队的地方。上下班的时候，在周围左看右看，常常看见很多领着麦兜的麦太们，麦兜们穿着蓝色校服，麦太们烫着卷花头。麦兜麦太走过没有树的水泥便道，皇后大道西和水街的交会处，挂着直截了当的横幅，"维护西区淳朴民风，反对建立变相按摩院"。麦兜麦太走进茶餐厅，套餐二十元，冻饮加两元，穿校服者奉送汽水。我香港的同事Jackie告诉我，她还是麦兜的时候，从广州来香港，她妈妈挤出所有能挤出来的钱让她上了个好学校，同学们都出自香港老望族，他们的爸爸们都抹头油，小轿车车牌只有两位数。学校老师要求，每个小童都学一个乐器，提升品行，她同学有的学大提琴，有的学钢琴。Jackie问妈妈她学什么，妈妈说屋子小，给Jackie买了个口琴。

麦兜饱含简单而低级的趣味。麦兜们说："没有钱，但我有个橙。"橙子十元四个，问西营盘附近的水果摊子老板："哪种甜？"老板会说真话，不会总指最贵的一堆。在麦兜们眼里，每个橙都是诚实朴素的，杀入橙皮，裂开橙瓣，每一粒橙肉都让人想起橙子在过去一年吸收的天光和地气。吃橙的十分钟，是伟大而圆满的十分钟。麦兜们拜师学六合谭腿，专攻撩阴腿，暗恋师傅的女儿，"不是没风无情，也就是偶然的一笑，像桂花莲藕，桂花沁入一碌藕"。麦兜们长大了，几个人在深圳包一个二奶，一个人供她房，一个人买车，一个人出汽油钱和青菜钱。聚在一起，没什么话说，就很欢喜。在麦兜们眼里，所有二奶都是女神，年轻，苗条，白，笃信只有猪才能称得上帅气。

这种低级趣味，绵延不绝，从《诗经》，到《论语》，到《世说新语》，到丰子恺，到周作人，到陈果，到麦兜。我要向麦兜们学习。我以后码字，只用逗号和句号，只用动词和名词，只用主语和谓语，最多加个宾语。不二×，不装×。觉得一个人傻，直截了当好好说："你傻×。"不说："你的思路很细致，但是稍稍欠缺战略高度。"甚至也不说："你脑子进水了，你脑子吃肿了。"

麦兜得了大道。麦兜做了一个大慢钟，无数年走一分钟，无数年走一个时辰，但是的确在走。仿佛和尚说，前面也是雨，在大慢钟面前，所有的人都没有压力了，心平气和，生活简单而美好。麦兜没学过医，不知道激素作用，但是他总结出，事物最美妙的时候是等待和刚刚尝到的时候。这个智慧两度袭击麦兜，一次在他的婚礼上，一次在他老妈死的时候。

我在一个初秋的下午，等待十一长假的到来，翻完了四本麦兜。我坚定了生活在低处就不怕钱少的信念，我认为所有人都用上抽水马桶就是共产主义，我确立了直截了当说"你傻×"的文学宗旨，我饿了吃，我困了睡，我激素高了就蹭大树，我想起了我老妈，我眼圈红了。麦兜麦太说："我们已经很满足，再多已是贪婪。"

挣多少算够

开始挣钱之后，不能再把父母家当食堂，不能睡到"自然醒"。于是常想，挣多少就算够了，可以把楼口的川菜馆子当一辈子的食堂，天天睡到大天亮。

先不考虑能挣多少。领导说，人有多大胆，田有多大产。村民说，要想富挖古墓，要想富扒铁路。然后村干部在村民的院墙上写标语：私造枪支是违法的，武装抗税可耻，坚决打击刑事犯罪。字色惨白，斗大。

"挣多少就算够了"可以分解成两个问题：挣钱的目的是什么？目的明确之后，量出为入，应该挣多少？

挣钱的目的可以简单概括成三种：一、为了近期衣食无忧；二、为了有生之年衣食无忧；三、为了金钱带来的成就感和权力感。

如果目的是前两种，需要进一步问的是：你要的是什么样的衣食无忧？穿老头衫、懒汉鞋，喝普通燕京啤酒，住大杂院，蹬自行车，想念胡同口四十出头的李寡妇，是一种衣食无忧。飞到意大利量身定制，穿绣了自己名字缩写的衬衫，喝上好年份的波尔多红酒，住进前卫艺术家设计的水景豪宅，开兰博基尼的跑车，想念穿红裙子的金喜善，是另一种衣食无忧。

即使现在选定了生活方式，还要能保证将来的想法和现在基本一致，才能保证计算基本准确。"由俭入奢易，由奢入俭难"，现在习惯鲍鱼，退休后不一定能习惯鲫鱼。还要考虑意外，天有不测风云，比如婚外恋、宫外孕等，所以计算要用风险系数调整。

如果是第三种目的，你希望呼风唤雨，管辖无数的人，每次上厕所用无数个马桶。你没救了，只有一条路走到黑，成社会精英，上富豪榜或是进班房。

生活方式确定，衣食住行，吃喝嫖赌，每年的花销基本可以算出，就算你活到七十五吧，然后用现金流折算法（DCF，Discounted Cash Flow）算到今天，算出该挣到的数。挣到这个数，你就该够了。挣到这个数后，按你预定的生活方式花，到七十五岁生日的时候，你不剩啥钱，也不欠啥钱，死神不找你，你就放煤气割手腕，确保预测准确，功德圆满。

在一个夏天的下午，我想起年轻时造的阴孽和未来医学可能的进展，估计自己应该比常遇春长寿，比如活到六十。进而我又大概算了一下自己该挣多少。

生活上，太俭，我受不了。大昭寺的导游说，那个面目古怪的佛像生前是个苦行僧，十三年在一个山洞里修佛，喝水，不动，皮肤上长出绿毛来。颜回说，一箪食，一瓢饮，人不堪其忧，回不改其乐。我不想当绿毛圣人，也不想太早死。太奢，我不敢，畏天怒。吃龙肝凤髓，可能得"非典"。请西施陪唱卡拉OK，我听不懂浙江土话。

我喜欢质量好的棉布和皮革。好棉布吸汗，好皮革摸上去舒服。自己一天比一天皮糙肉厚，十四五的小姑娘又不让随便乱摸，所以好皮衣很重要。我喜欢吃肉吃辣，哪种都不贵。住的地方小点儿无所谓，过去上学时我们六个人睡了八年十平方米的宿舍，但是一定要靠近城市中心，挑起窗帘，就能感到物欲横流。对车不感兴趣，但是对通过开好车泡好看姑娘这件事并不反感，想过的最贵的车是BMW X5。我不需要金喜善，看金喜善觉得漂亮不是本事。我想象力丰富，金百万洗洗脸，我也能把她想象成金喜善。我喜欢各种奇巧电子物件，手机要能偷拍，PDA要能放电影带Wi-Fi，数码相机要一千一百万像素，用通用的光学镜头，隔一百五十米，能照出北海对岸练太极的老头的鼻毛。如此如此，再用现金流折算法算一下，大概需要一千来万。

我自己的下一个问题是：是撅着屁股使劲儿挣呢，还是调低对生活的预期？

"薄酒可以忘忧，丑妻可以白头，徐行不必驷马，称身不必狐裘。"说这话的不知道是先贤还是阿Q。

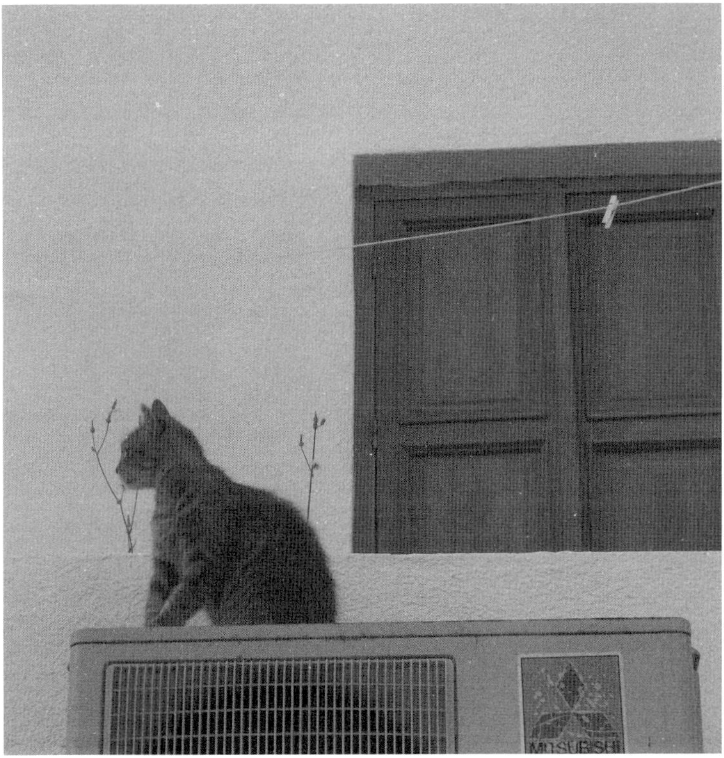

范陶朱公蠡

陶朱公,据传说,约两千五百年前,你功成名就之后,晓得鸟尽弓藏、兔死狗烹的道理,在月亮最圆、花开最满的夜晚,带着细软、团队和西施的胴体悄无声息地离开了会稽城,泛舟五湖,成为两千五百年来私奔的典范。《越绝书》这样记载:"吴亡后,西施复归范蠡,同泛五湖而去。"

据报道,公元二〇一一年五月十七日早间,鼎晖创投合伙人王功权五月十六日深夜在新浪微博发布消息称,放弃一切与人私奔。王功权这样表白:"各位亲友,各位同事,我放弃一切,和王琴私奔了。感谢大家多年的关怀和帮助,祝大家幸福!没法面对大家的期盼和信任,也没法和大家解释,也不好意思,故不告而别。叩请宽恕!功权鞠躬。"王功权这样抒怀:"总是春心对风语,最恨人间累功名。谁见金银成山传万代?千古只贵一片情!朗月清空,星光伴我,往事如烟挥手行。痴情傲金,荣华若土,笑揖红尘舞长空。"

没见过你和西施的照片，不知道你们和此二王相比，谁更神仙眷侣，也没见过你给西施写的情诗，但是王功权的表白和抒怀浓过《越绝书》。

俗人，尘世间，谁不是在忙碌中希求放纵？谁不是在束缚中希求解脱。一时，为二王叫好的，被爱和勇气感动的，多于两千五百年来艳羡你和西施的人口总和。细想来，从有限的信息看，人家是主动放弃，你是知机，你是鸡贼。

但是，人真的能靠私奔彻底解脱吗？成年人彻底脱离社会环境、人生观和世界观、道德律和星空和基因，难度大于王八彻底脱离自己的壳，一身鲜血，遍体鳞伤，摇摇晃晃，娃娃鱼一样光着身子爬出来。

扯脱社会环境，难啊。

收到王功权高调私奔的微博的时候，我正在香港湾仔出入境大楼里办各种诸如智能身份证啊、签注啊、护照啊等无聊手续，包里还有十来张各种诸如信用卡啊、借记卡啊、里程卡啊、酒店积分卡啊、口岸出入证啊、就医卡啊，一本薄薄的小说和一叠文件，电脑里还有几十个邮件没看还有二○一○年的税单没来得及填。大学毕业之后，自己开始管自己，和社会发生的关系越来越多，人也越活越麻烦。尝试过各种办法减少麻烦，碰得一头大包之后，发现，最省事儿的方法是耐烦：整理好这些麻烦，心里放下，世界安稳。读完王功权这个微博的一瞬间，我想，天下如此之小，私奔到哪里能没有这些麻烦呢？两人只穿头发和彼此能遮体吗？两人只吃彼此的身体只喝彼此的口水能果腹吗？不给现金或者信用卡，酒店能让他们住吗？他们到底是私奔还是只是去国外长期旅游啊？

扯脱人生观和世界观，难啊。

我用新浪微博之后，深切地体会到人和人是不同的。哪怕你摆出最浅显易懂的道理，还是有无数傻×跳出来反对，以此显示自己多么与众不同，何况你亮出不是那么明确的对错。王功权私奔之后几天，骂声渐起。王功权尽力辩解，希望全世界所有人都爱他，祝福他，赞美他的私奔。未果之后，王功权在微博长叹："年近半百，很多问题真不清楚，有些问题想问而不敢问：爱情能是完全理性的吗？婚外恋就一定不是爱情吗？爱情必须以婚姻为目的吗？如果没有爱情的婚姻不道德，那么没有婚姻的爱情也不道德吗？爱情该接受道德的审判吗？一个人能先后爱上两个人但能同期爱上两个人吗？"一个人，已经血淋淋地爱了、做了、跑了，还在乎这些世俗的世界观和人生观？如果还是在乎，跑到哪里不是雨？长期形成的世界观和人生观仿佛绳索，绳索不除，所有的努力只能让绳索把身体勒得更紧。

扯脱道德法律和星空和基因，更难啊。

范蠡你当初在春天的溪水边看到西施，用自己的男色和爱国主义和物质享受说服西施成全美人计，把她送到吴国去。你和西施私奔之后，安定下来，再到春天，再临溪水，西施心里恨不恨你？想不想一脚踹你到水里？想不想起对她无限眷恋失了江山的吴王夫差？你回想起亲自送西施去吴王夫差的床上，你有没有暗自骂自己是畜生？你再从后面抱西施的时候，有没有猜想吴王夫差是用什么姿势抱她的后腰？西施老去，看到新一批西施初长成，你有没有再次想起初次遇见西施的那个春天，那条溪水，你胯下有没有再次肿胀？

所以我宁愿不相信你能扯脱，我宁愿相信《越绝书》是伪书，我宁愿相信《史记》的说法：你离开越国北上，带领团队来到齐地，"耕于海畔，苦身戮力，父子治产，居无几何，治产数十万。"《史记》里没有西施。

俗话说，王八，你以为脱了坎肩，我不认识你了？话糙理不糙。

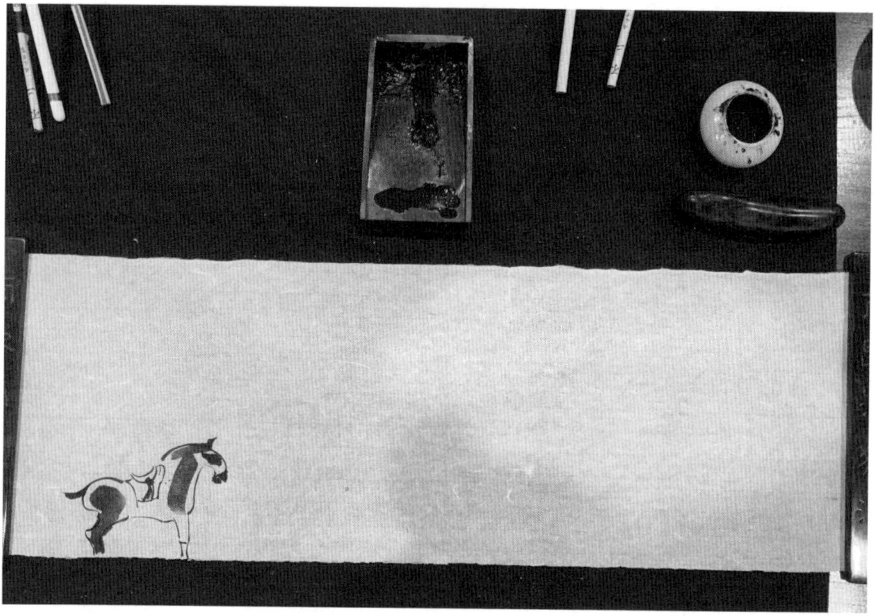

如何避免成为一个油腻的中年猥琐男

更能消几番风雨,最可怜一堆肉躯。曾几何时,我们除了未来一无所有,我们充满好奇,我们有使不完的力气,我们不怕失去,我们眼里有光,我们为建设祖国而读书,我们下身肿胀,我们激素吱吱作响,我们热爱姑娘,我们万物生长。曾几何时,时间似乎在一夜之间,从"赖着不走"变成了"从不停留"。曾几何时,连"曾几何时"这个词都变得如此矫情,如果不是在特殊的抒情场合,再也不好意思从词库里调出来使用,连排比这种修辞都变得如此二逼,不仅写诗歌和小说时绝不使用,写杂文时偶尔用了也要斟酌许久。

不可避免的事儿是,一夜之间,活着活着就老了,我们老成了中年。在少年时代,我们看书,我们行路,我们做事,我们请教老流氓们,我们尽量避免成为一个二逼的少年。近几年,特别是近两三年,周围的一些中年人被很持续地、很有节奏地拎出来吊打,主要的原因都是油腻。这些中年人有些是我的好朋友,有些是我认识的人,有些我耳闻了很久。他们有的是公共知识分子,有的是意见领袖,有的是相对成功的生意人。

"小楼一夜听春雨,虚窗整日看秋山。"男到中年,我们也该想想,如何避免成为一个油腻的中年男?

我请教了一下周围偶尔或经常被油腻中年男困扰的女性,反观了一下内心,总结如下,供自省:

第一,不要成为一个胖子。如果从小不是个胖子,就要竭尽全力不要在中年成为一个胖子。中年男的油腻感首先来自体重。人到中年,新陈代谢速率下降,和少年时代同样的运动量、同样的热量摄取,体重一定增加。管住嘴、迈开腿,人到中年,更重要的还是管住嘴。还要意识到,中年的体重不只是在皮下,更多的是在内脏,想想这么多年来吃的红油火锅和红烧肘子就不难理解了。所以,轻度、适度锻炼不能保证体重减少,建议考虑阶段性轻断食。我们曾经玉树临风,现在风狂树残,但是树再残再败再劈柴,我们也要努力保持树的重量不变。我们要像厌恶谎言、专制、谬误、无趣、低俗、庸众一样厌恶我们的肚腩,我们要把四十岁还能穿进十八岁时候的牛仔裤当成无上荣耀。朝闻道,夕可死;朝见肚腩,夕可死。一室不扫,何以扫天下?一胖不除,何以除邪魔?如果我们觉得保持体重太难,就多想想周围那些为了减轻体重义无反顾、万死不辞的伟大女性。

第二,不要停止学习。我做实习医生的时候,听一个心内科副教授和我们谈人生，他大声说："三十不学艺，真老爷们儿，四十岁之后不必读书。"在我的少年时代，这是第一次有个男人让我体会到了浓重的中年油腻感。如今，有网络和书，随时随地皆可学习。尽管"北上广深"房价太贵，无房可以堆书，可我们还有 Kindle。"腹有诗书气自华"，人丑、人到中年更要多学习。吹牛能让我们有瞬间快感，但不能改变我们对一些事情所知甚少的事实，不能代替多读书和多学习。人脑是人体耗能最大的器官，多学习、多动脑的另一个好处是帮助减肥。

第三，不要待着不动。陷在沙发上看新闻，陷在酒桌上谈世界大历史，陷在床上翻新浪微博和微信朋友圈，不能让我们远离"三高"，不能让我们真正伟大。四十岁以后，自然规律让我们的激素水平下降，但是大量运动可以让我们体面地抵抗这一规律。人到中年，能让我们快乐的而且合法合规的事儿越来越少，大量运动是剩下不多的一个，运动之后，给你合法合规的多巴胺。如果肉身已经不能负担大量运动，说走就走，去散步，去旅行，也好。

第四，不要当众谈性（除非你是色情书作家）。少年时胯下有猛兽，不谈性不利于成长；中年后大毛怪逐渐和善而狡诈，无勇而想用，要有意识地防止它空谈误国，要树立正确的"三观"：招女生喜欢这件事其实和其他复杂一些的事情一样，天生有就有，天生没就没，少年时不招女生喜欢，中年后招女生喜欢的概率为零。中年后，女生可能喜欢你的其他一切，除了你。如果心中还有不灭的火，正确的心态是，看女色如看山水，和下半身的距离远些，相看两不厌。需要特别注意，和山水不同的是，在征得对方同意之前，请不要盯着女生看，即使忍不住盯着看，也不要一嘴的口水和一双大眼睛里全是要吃掉她的光芒。关于眼神的告诫，也适用于权、钱等其他领域。

第五，不要追忆从前。我们都是尘埃，过去的那点成就其实都谈不上不朽。中年不意味着生命终结，不意味着我们只能回忆从前。纠集起最好的中学校友、最铁的前同事、最爱的前女友，畅谈一壶茶、两瓶酒的从前，再尬聊，也只能证明我们了无新意。就算到了二〇二九年人类不能永生，四五十岁也不能算是生命的尽头。积攒唠叨从前的力气，再创业、再创造、再恋爱，我们还能攻城略地、杀伐战取。大到创造一个世界上没有的产品和服务，小到写一首直指人心的诗、养一盆菖蒲、写一本书、陪一只猫，做我们少年时没来得及做的事，耐心做下去。

第六，不要教育晚辈。尤其是，不要主动教导年轻女性。我们有我们的"三观"，年轻人也有年轻人的"三观"。我们的"三观"有对的成分，年轻人的"三观"也有对的成分，世界在我们不经意间一直在变化，年轻人对的成分很可能比我们的高。即使我们坚定地认为我们是对的，也要牢记孔子的教导：不愤不启。即使交流中不能说服对方，也不要像我老妈一样祝福其他持不同意见者早死。

第七，不要给别人添麻烦。两年前才第一次去日本，给我印象最深的不是那些美好到伟大的食物，而是日本人骨子里不愿意给人添麻烦的态度。在高铁车厢里，不仅没人不戴耳机看视频，连打电话的都没有。人到中年，管好自己，在经济上、情感上、生活上不给周围人添麻烦。

第八，不要停止购物。不要环顾四周，很冲动地说，断舍离，太多衣服了，车也有了，冰箱里吃的吃不完，实在没什么想买的东西了。完全没了欲望，失去对美好事物的贪心，生命也就没有乐趣。一个老麦肯锡，八十多岁了还在教麦肯锡年轻的项目经理如何管理自己、管理团队、管理事情。他偷偷告诉我保持年轻的诀窍，不能常换年轻女友，一定要常买最新的电子产品，比如最新的电脑、最新的手机、最新版的《VR女友》。

第九，不要脏兮兮。少年时代的脏是不羁，中年时代的脏是真脏。一天洗个澡，一身不油光。一旦谢顶，主动在发型上皈依我佛。买个松下的电动剃头推子，脱光了蹲在洗手间，自己给自己剃，两周一次，坚持一生，能省下不少时间和金钱。即使为了抵抗雾霾而留鼻毛，也要经常修剪，不要让鼻毛长出鼻孔太多。

第十，不要鄙视和年龄无关的人类习惯。哪怕全世界都鄙视，我还是坚持鼓吹文艺，鼓吹戴手串和带保温杯。所有的世道变坏都是从鄙视文艺开始的，十八子、一百零八子佛珠流转千年，十指连心，触觉涉及人类深层幸福；保温杯也可以不泡枸杞，也可以装一九七一年的单桶威士忌,仗着保温杯和贱也可以走天涯。

愿我们远离油腻和猥琐,敬爱女生,过好余生,让世界更美好。

富二代的自我修养

2015年3月7日,深圳二十几个有理想有朝气的富二代组建线下研修平台,我被请到深圳,见证研修平台的成立并做主题发言。发言之前,主持人问我,发言题目是什么。我说:题目是"如果我是富二代"。主持人是个帅小伙儿,洗洗脸之后,像王力宏。他听了题目,面露难色,估计是觉得"富二代"听上去含贬义。我说,别急,那就内容不变,换个高大上的题目,"职业经理人的自我修养",参考书是斯坦尼斯拉夫斯基的《演员的自我修养》。

下面十条,是那次主题发言的总结。如果我是富二代——

第一,我要树立正确的财富观。钱是资源。有钱就是有资源,有资源就可以做很多好事,所以有钱真好。钱是能力的一种证明。有能力不一定有钱,但是没能力一定没钱,所以富二代的父辈都很了不起。

如果我是富二代,我会时常告诫自己,钱超过一定数目就不是用来个人消费的了。个人能温饱就好,多出的个人欲望需要靠修行来消灭，而不能靠多花钱来满足。

我会尊敬父辈，我从他们手上接过数额巨大的财富，说明他了不起，并不能说明我了不起。

我会不喜不悲，用好财富，多挣钱、持续挣钱，做好事、持续做好事，让世界更美好一点点。

第二，再忙我都要留下读书和游学的时间。没有学识，难守财富。如果我只能追求一种名牌，我一定追求教育上的名牌：上最好的大学，读最有名的名著。

第三，我会苦练基本技能。比如，如何做好一个一小时的访谈，如何用十页PPT把问题说清楚，如何又快又好地写出一篇千字文，如何组织好一次上百人的会议。

第四，我会尽可能在著名的大公司、大机构工作三到五年，亲尝最正规的做事方法。如果在教育之外，我能再追求一种名牌，我就追求工作的名牌：去最知名的公司和机构工作，不问工资，不惜力气。

第五，进入家族自己的企业之后，我会尽快负责一块小而完整的业务，学会管理一整张损益表，带一支小而全的团队，控一个完整的局面。因为是富二代，练习大处着眼的机会从小就有，练习小处着手的机会需要自己争取。带好一支百人的队伍是带好千军万马的基础。

第六，我会寻找两到三个一生的朋友。和他们在一起就能放松，做最不掩饰的自己，见到也没啥特别的，但是不见到就会想念。我会寻找两到三个人生偶像，他们一生的轨迹让我的一生有具体的参照系：什么时候可能遇上什么样的诱惑和困境、通常要如何应对。

我会寻找两到三个人生导师，他们能在不同方面给我切实的基于实例的言传身教。

第七，我会认真培养一个爱好，争取做到半专业。用这个爱好来抵抗无聊，来练习暂时放下工作、放空大脑，来为退休后的生活做准备。拥有巨大资源、带上万人的队伍，本身就会产生巨大的心理压力，一天似乎没干什么，无非是调解了两三个人事、开了两三个会，就会觉得累。肉身不在公司，不等于心能离开，快速地放空是种非常必要的修行，一个认真的爱好能有很大的帮助。

第八，我会规律、适度地锻炼。有了钱，有了资源，也就有了使命，身体也就不仅仅是自己的了。

第九，我会逐渐建立我的世界观、人生观和价值观。面对不确定，形成自己的主见并敢于坚持、再坚持。很多时候，没主见比主见不完美更可怕。但是，保持适度开放的心态，在别人能够说服你的时候，接受别人的意见，这不丢人。要有心胸，多听批评和负面的意见，这才是真正自信的表现。最让父辈欣慰的不是我完美无缺，而是我一身毛病但是每天都比昨天完美一点。

第十，我会时不常想想，如果我有一天不是富二代了，怎么办？世事无常，你看他起高楼，你看他楼塌了。但是，如果我身体力行第一到第九条，不是富二代了又怎样？有了第一到第九条，即使不是富二代了，也可以从头再来，自己做富一代。

九字真言

似乎在很小的时候,我就观察到,人生在世,需要句座右铭。几个词,一个句子,戳在心里,抄在笔记本的首页、电子邮件的签名档、微信的个性签名,写成毛笔字挂在墙上,找块青田石刻成闲章。这几个词的作用类似黑暗中远处的一盏灯、走不稳时的一根拐杖、大你十来岁似乎通晓世事的一个老流氓,不一定真的有用,但是有,心里踏实些。在我们的中学班上,有座右铭的比例不低于一半。座右铭又有了一个新的作用:判断一个人是不是傻×。比如,我们班上一个很帅的男生,他的座右铭是:"没有哭过长夜的人不足以语人生。"我们都知道那是他爱哭的借口,他看《花仙子》哭,看《排球女将》哭,看国安足球赛哭。不仅独自哭,在这个座右铭的指导下,他还常常找女生哭,一边一起看电视剧或者国安足球赛一边哭,激发女生的母性,往往非常管用,没哭完长夜就被女生揽进了怀里。

我忘记了自己有过多少句座右铭。一句比较管用的是曾国藩的："大处着眼，小处着手；群居守口，独居守心。"这句指导我在麦肯锡做了九年的战略规划，没出什么大差错。另一句比较管用的是孙中山的："夫天下之事，其不如人意者固十常八九，总在能坚忍耐烦、劳怨不避，乃能期于有成。"这句指导我在创建华润医疗的三年里，忍了很多不可忍，吃了很多在想象中吃不了的苦。曾国藩和孙中山的这两句话，我求好朋友比目鱼写成毛笔字，挂在了墙上。比目鱼常年临帖，最大的特点是学谁像谁，这两幅字，他分别仿曾国藩和孙中山，落款也分别是曾国藩和孙中山。

还有一句让我受益匪浅的座右铭来自我老妈，因为不雅，我没求比目鱼写毛笔字："一个男的，生下来就带个小鸡鸡，只能自己奔命去。"我至今没理解这句话的内在逻辑，为什么有个鸡鸡和没个鸡鸡就有很多不同？但是从我能听懂人话起，我老妈就唠叨这句，我听多了就当成了真理。这句话告诉我，男生要独立，要挣钱，要自求多福、好自为之。

在我四十岁前后，我渐渐感到，这些催人努力做事、拼命牛×的座右铭有副作用，而且副作用越来越强。我们这些人，从识字开始，就被社会和父母逼着做好学生，任何一门功课似乎考不到满分都是某种或大或小的耻辱。上了协和医学院，老教授反复强调，我们的校训是"如临深渊、如履薄冰"，一个看似普通的感冒都能致命，时刻记住我们的医院是最好的医院、

黎晓亮 摄影

我们是最好的医生、我们是病人在死神面前的最后一道防线。我的第一份工作是麦肯锡。麦肯锡的司训是"Our mission is to help our clients make distinctive, lasting, and substantial improvements in their performance and to build a great firm that attracts, develops, excites, and retains exceptional people",简单翻译就是"成就厉害公司,练就厉害顾问"。我没想到我一干就干了小十年,也没想到干得相对顺手。我问我的大客户:"为什么找我?"他说:"尽管你和你的团队很贵,但是我把问题交给你之后,在这个问题上我就不用操心了,你比我着急,你比我上心。"

小二十年下来,"认真负责、尽心尽力"的状态被那些催人奋进的座右铭狠狠地碾进血液和骨髓里,工作的确是做好了,心性却变得艰涩生硬。长期睡眠不足,睡个懒觉就会做梦,十次做梦两次梦见临深渊、两次梦见履薄冰、五次梦见画了一棵巨大的议题树帮着客户厘清问题的核心所在,剩下一次是梦见高考,一路赶到考场,没带准考证。"自滴阶前大梧叶,干君何事动哀吟?"天天临深履薄,这辈子好惨,而且睡眠毁了、人毁了,也就什么都没了。我不想这样一辈子,我不想总梦见那些提心吊胆的事儿,我还想梦见我以前那些美丽的女朋友以及那些被梨花照过的时光,我提笔在笔记本的扉页上,郑重地写下了我的九字真言:"不着急,不害怕,不要脸。"

"不着急"说的是对时间的态度。一个人做完该做的努力之后,就该放下,手里放下,心里放下,等。有耐心,有定力,给自己足够的时间,给周围人足够的时间,给事物的发生和发展足够的时间,仿佛播了种、浇了水、施了肥,给种子一些时间,给空气、阳光和四季一些时间,给萌发的过程一些时间,你会看到明黄嫩绿的芽儿。有时候,关切是不问;有时候,不做比做什么都强。

"不害怕"说的是对结果的态度。充分努力之后,足够耐心之后,结果往往是好的。在好消息来临之前,担心结果好不好一定是无用功。我习惯性地给自己和团队打气,"尽人力,知天命。我的经验是,我们尽了人力,天命就在我们这一边",实际情况也往往如此。即使结果不好,那也并不意味着就到了穷途末路,人生可以依旧豪迈,只要人在,我们就可以从头再来。细想想,历史上哪个真牛×的人物不是多次败得找不到北?只要不害怕,能总结得失,能提起勇气再来一次,就不是真正的失败。

"不要脸"说的是对他评的态度。九字真言里,这三个字最难做到,做不到的破坏力也最大。心理学研究表明,自责、后悔、羞愧是负能量等级最高的情绪,"只要想起一生中后悔的事,梅花便落满了南山"。我安慰自己的话术是:"我已经尽力了,还要我怎样?我还能怎样?咬我啊,咬我啊。"佛法中的四圣谛也早早就说明了:诸事无常,无常是常。一个结果是由太多因素决定的，好些因素是你不知道的，更是你控制不了的，"花开满树红，花落万枝空。唯余一朵在，明日定随风"。

"是非审之于己，毁誉听之于人，得失安之于数。"

总结这九字真言，一个人尽力之后，要勇敢地对自己、对他人、对宇宙说："我有足够的耐心和定力，面对任何结果和舆论。"

如果耐心和定力不够，就闭上眼睛，伸出双手，大声喊九遍九字真言，让宇宙听见你的声音："不着急，不害怕，不要脸。"

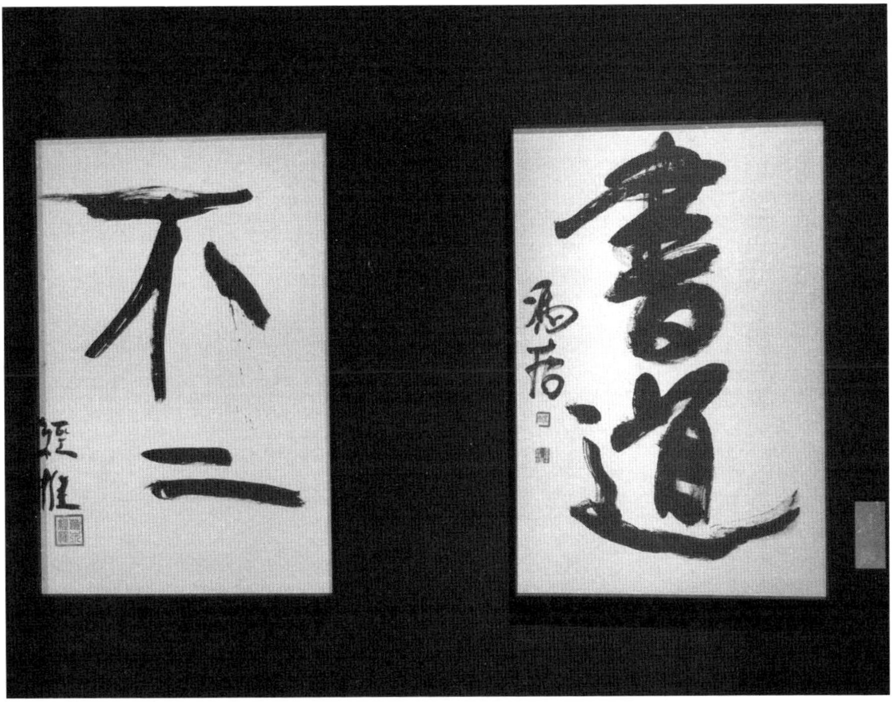
不二
書道

三

活着活着就老了

以后只和两类人花时间
真,好玩儿
真,好看

谈谈恋爱，得得感冒

我自从在协和医大念完八年之后弃医从商，每次见生人，都免不了被盘问："你为什么不做医生了？多可惜啊！"就像我一个以色列同事在北京坐出租，每次都免不了被盘问："你们和巴勒斯坦为什么老掐啊？"我的以色列同事有她的标准答案，二百字左右，一分钟背完。我也有我的，经过多次练习已经非常熟练："我的专业是妇科卵巢癌，由于卵巢深埋于妇女盆腔，卵巢癌发现时，多数已经是三期以上，五年存活率不到百分之五十。我觉得我很没用，无论我做什么，几十个病人还是缓慢而痛苦地死去。我决定弃医从商，如果一个公司业绩总是无法改善，我至少可以建议老板关门另开一个；如果我面对一个卵巢癌病人，我不能建议她这次先死，下辈子重新来过。"多数人唏嘘一番，对这个答案表示满意，迷信科学的少数人较真，接着问："你难道对科学的进步这么没有信心，这么虚无？"我的标准答案是："现代医学科学这么多年了，还没治愈感冒。"

感冒仿佛爱情，如果上帝是个程序员，感冒和爱情应该被编在一个子程序里。感冒简单些，编程用了一百行，爱情复杂些，用了一万行。

感冒病毒到处存在，就像好姑娘满大街都是。人得感冒，不能怨社会，只能怨自己身体太弱，抵抗力差。人感到爱情，不能恨命薄，只能恨爹妈甩给你的基因太容易傻×。

得了感冒，没有任何办法。所有感冒药只能缓解症状和（或）骗你钱财，和对症治疗一点关系也没有。最好的治疗是卧床休息，让你的身体和病毒泡在一起，多喝白开水或者橙汁，七天之后，你如果不死，感冒自己就跑了。感到爱情，没有任何办法。血管里的激素嗷嗷作响，作用的受体又不在小鸡鸡，跑三千米、洗凉水澡也没用，蹭大树、喝大酒也没用，背《金刚经》《矛盾论》也没用。最好的治疗是和让你感到爱情的姑娘上床，让你的身体和她泡在一起，多谈人生或者理想，七年之后，你如果不傻掉，爱情自己就跑了。曾经让你成为非人类的姑娘，长发剪短，仙气消散，凤凰变回母鸡，玫瑰变回菜花。

数年之前，我做完一台卵巢子宫全切除手术，回复呼机上的一个手机。是我一个上清华计算机系的高中同学，他在电话里说，他昨晚在外边乱走，着凉了，要感冒。他现在正坐在他家门口的马路牙子上，看，让他感到爱情的姑娘派她的哥哥搬走她的衣物和两个人巨大的婚纱照片。在搬家公司的卡车上，在照片里，他和她笑着，摇晃着。这个姑娘和他订婚七天之后就反悔了，给他一封信，说她三天三夜无眠，还是决定舍去今生的安稳去追求虚无的爱情。

叫我如何不想她

告子说:"食色,性也。"吃了两根油条,喝了一碗豆浆,春花开了,秋月落了,血管里的激素水平上升,"叫我如何不想她?"如果多问一个问题:"是什么叫我如何不想她?"到底什么是国色,什么是天香?

纯从男性角度,非礼勿怪。从大处看来,女人的魅力武库里有三把婉转温柔的刀。

第一把刀是形容,"形容妙曼"的"形容"。比如眉眼,眉是青山聚,眼是绿水横,眉眼荡动时,青山绿水长。比如腰身,玉环胸,小蛮腰,胸涌腰摇处,奶光闪闪,回头无岸。比如肌肤,蓝田日暖,软玉生烟,抚摸过去,细腻而光滑,毫不滞手。

第二把刀是权势。21世纪了,妇女解放了,天下二分而有一。如果姑娘说,我是东城老大,今天的麻烦事儿,我明天替你平了。如果姑娘说,我老爸是王部长,合同不用改了,就这么签了吧。如果姑娘说,我先走了,你再睡会儿,信封里有三倍的钱和我的手机号码，常给我打打电话，喜欢听你的声音。姑娘在你心目中的形象，会不会渐渐高大？

第三把刀是态度，"媚态入骨"的"态"，"气度销魂"的"度"。态度是性灵。我的师姐对我说："怎么办呀？总是想你。洗了凉水澡也没用。"我们去街边的小馆喝大酒，七八瓶普通燕京啤酒之后，师姐摘下眼镜，说摘下眼镜后，看我很好看，说如果把我灌醉以后，是不是可以先奸后杀，再奸再杀。态度是才情，记得我初中的同桌，在语文课上背诵《长恨歌》（背什么自己选，轮到我的时候，我背的是"床前明月光"），字正腔圆，流风回雪。她的脸很白，静脉青蓝，在皮肤下半隐半显，背到"芙蓉如面柳如眉，对此如何不泪垂"，眼泪顺着半隐半显的静脉流下来，落在教室的水泥地面上。多少年之后，她回来，一起喝茶，说这些年，念了牛津，信了教，如今在一个福利机构管理一个基金会。她的脸还是很白，静脉依旧青蓝，她说："要不要再下一盘棋？中学时我跟你打过赌，无论过了多久，多少年之后，你多少个女朋友之后，我和你下棋，还是能让你两子，还是能赢你。"

既然是刀，就都能手起刀落，让你心旌动摇，梦牵魂绕，直至以身相许。但是，形容不如权势，权势不如态度。

形容不足恃。花无千日红，时间是个不懂营私舞弊的机器，不管张三李四。眼见着，眉眼成了龙须沟，腰身成了邮政信筒。就像"以利合以利散"，看上你好颜色的，年长色衰后，又会看上其他更新鲜的颜色。形容不可信。如今这个世道，外科极度发达，没鼻子我给你雕个鼻子，没胸我给你吹个胸脯。如果你肯撒钱、肯不要脸，就算你长得像金百万，也能让你变成金喜善。

权势不足恃。江湖风雨多，老大做不了一辈子，急流勇退不容易，全身而退更难。那个姑娘的老爸官再大，也有纪检的管他，也有退的时候。软饭吃多了，小心牙口退化，面目再也狰狞不起来。

落到最后，还是态度。"只缘感君一回顾，使我思君朝与暮"。老人说"尤物足以移人"，国色天香们用来移人的，不是兰蔻粉底，不是CD香水，是"临去时秋波那一转"。多少年过去了，在小馆喝酒，还是想起那个扬言要把我先奸后杀的师姐。见到街头花开，还是记起"芙蓉如面柳如眉，对此如何不泪垂"。

朋友

过了三十五岁之后,一年里会有一两天,再累也睡不着觉,还有好些事儿没做却什么都不想做,胡乱想起星空、道德律、过去的时光和将来的无意义等不靠谱的事情。这样的一天晚上,我坐在上海人民广场旁边一家酒店的窗台上,五十几层,七八米宽的玻璃窗户,下面灯红酒绿,比天上亮堂多了,显示我们崛起过程中的繁荣,仿西汉铜镜造型的上海博物馆更像个有提梁的尿壶,射灯打上去,棕黄色的建筑立面恍惚黄铜质地。

心想,没有比人类更变态的物种了。夜晚应该黑暗,眼睛发出绿光仰望天空,人发明了电灯。双腿应该行走,周围有花和树木,人发明了汽车。山应该是最高的,爬上去低下头看到海洋,人发明了高楼。

心想,我被变态的人类生出来,从小周围基本上都是些变态的人类,阴茎细小,阴户常闭,心脏多孔,脑袋大而无当。

粗分两类:和我有关的人与和我没关系的人。和我没关系的,落花尘土，随见随忘，不知道从哪里来到我眼里的，也不知道又消失在哪里了，像是我每天喝下去变成了尿的水。坐在出租车里，有时候也好奇，那个一手公文包一手啃烧饼的胖子，啃完烧饼之后去了哪里，发生了什么，像是喝着瓶装水望着护城河。

和我有关系的，再分两类，和阴户有关系的，以及和阴户没有关系的。涉及阴户的，情况往往凶险复杂，变态的人类给进出阴户这件事儿赋予了太多心理性的、社会性的、哲学性的内涵，使之彻底脱离了吃饭拉屎等简单生理活动，比进出天堂或者地狱显得还要诡秘。

不涉及阴户进出的，一拨是亲戚。小时候跟着父母，过节拎着别人送的水果烟酒去拜访，印象最深的是个舅舅。舅舅一辈子所有重大选择都错了，他先上日本人的军校，后来日本投降了，还上过黄埔军校，后来跟了国民党，1949年前在青城山投诚当了俘虏，但是起义证书丢了。在"文革"期间，舅舅被打"死"好几回，每次都被舅妈用板车驮回来。"文革"后，每三五天都要梦见找他的起义证书，每次都在找不到的状态下醒来。舅舅书房有张巨大的合影照片，没有八米也有七米宽，刚粉碎"四人帮"那年，还活着的黄埔同学都出席了，没有一万个老头也有一千个老头。我舅舅每次都哆哆嗦嗦给我指，哪个老头是他，每次都能指对了。我还有个大表哥，比我大二十四岁，他婚礼那天，他老婆死拉着我和他俩一床睡，说，这样吉利，这样他们也能生一个像我一样眼神忧郁眼睫毛老长的男孩儿。那天晚上，他俩都喝了好些酒，我出了好些汗，第二天早上醒来，床上还是只有我们三个人，没见到长相和我类似的其他小孩儿。后来，他们生了个女儿，长相以及世界观、人生观和我没有任何相似。

不涉及阴户进出的，另一拨是朋友。我老妈大我三十一岁，我哥大我九岁。我老妈比较能喝酒，我哥比较能打架，他们俩都好人多热闹。我中学放学回家，家里十几平方米的房子里总摆着两桌发面饼之类便宜的吃食和糖醋白菜心之类便宜的下酒菜，酒是拿着玻璃瓶子一块三一斤零打的白酒，桌子一张是方桌，一张是圆桌，围坐十几个人，有的坐凳子，没凳子坐的坐床，陆续有人吃饱了走人，陆续有人推门进来。我眼睛环视一圈，叫一声，哥，姐，算是都打了招呼，然后撑个马扎，就着床头当桌子，一边听这些哥哥姐姐讲零卖一车庞各庄西瓜能挣多少钱、到哪里去弄十个火车车皮、谁要苏联产的钢材和飞机，一边手算四位数加减乘除，写《我最敬爱的一个人》，看司马迁写的《刺客列传》《吕不韦列传》。

所以，三十五岁之前，我习惯性认识的朋友基本大我十几岁，我不叫哥哥就叫姐姐，其中也包括这个非官方纯扯淡的《手稿》所涉及的一些人。和这些大我十几岁的人喝酒蛋逼，我常常有错觉，他们的脑袋不是脑袋，而是一个个的水晶球和手电筒，告诉我未来的星空、道德律和时光，指明前面的方向，与此同时，极大地降低了我对未来的期待值和兴奋感。这些哥哥和姐姐对我的教导，让我在见到女性乳房实体的十一年前，就知道，其实那不是两只和平的白鸽，不会一脱光了上身就展翅飞走，乳头也没有樱桃一样鲜红和酸甜，那些都是哈萨克人的说法。在我每月吃八十块人民币伙食的时候，我就知道，钱和幸福感绝对不是正比关系，一间有窗户的小房子、一张干净而硬的床、一本有脑子的书、一支可以自由表达的笔，永远和我个人的深层幸福相关。

后来，学了八年医，进一步降低了我对未来的期待值和兴奋感。在协和医院那组八十多年历史的建筑里，看见很多小孩子被动地出生，被用来解决他们父母的婚姻问题和人生问题，他们长得一样丑陋，只知道哭，不知道等待他们的是什么。看见很多癌症病人缓慢地死去，不管他们善恶美丑，不管他们钱财多少和才情丰贫。医院的好几个天台原来都可以自由出入，上接天空，东望国贸，西望紫禁城，但是有太多的绝症病人到了上面不东张西望，不缓步于庭，而是想起星空、道德律、过去的时光和将来的无意义等不靠谱的事情，一头朝下跳将下去。

再后来，医院的天台就被铁栅栏封上了。

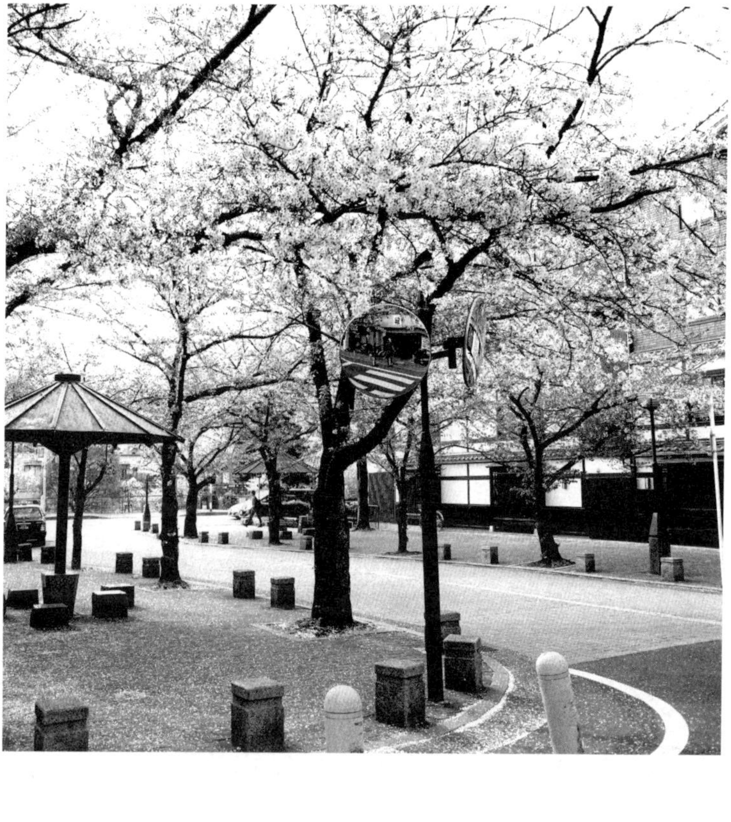

活着活着就老了

1

日子一天天一年年过,生日蛋糕上已经不知道该如何插蜡烛了,可总感觉自己还年轻。

还没老。

我老妈老爸还健在,一顿还能吃两个馒头喝一碗粥,还能在北海五龙亭腰里系个电喇叭高声唱《我是女生》,还能磨菜刀杀活鸡宰草鱼。我头发一点还没白,大腿上还没有赘肉,翻十页《明史》和《汉书》,还能突然听到心跳,妄想:达则孔明,穷则渊明,林彪二十八岁当了军长,杨振宁三十五岁得了诺贝尔奖,或许明年天下大乱,努努力,狗屎运,我还赶得上直达凌霄阁的电梯。或许早早悟了"不如十年读书",面盆洗手,了却俗务,我还来得及把我老妈的汉语、司马迁的汉语、赵州花和尚的汉语、毛姆的英文、亨利·米勒的英文炖在一起，十年之后，或许是一锅从来没有过的牛×的浓汤。

老相好坐在金黄的炸乳鸽对面，穿了一件印了飞鸟羽毛的小褂子，用吸管嘬着喝二两装的小二锅头，低头，头发在灯光下黑黑地慢慢地一丝丝从两边垂下来。她吸干净第二瓶小二锅头的时候，我还是忘记了她眼角的皱纹以及她那在马耳他卖双星胶鞋的老公，觉得她国色天香，风华绝代。此时此刻，为她死去是件多么天经地义的事情啊。

但是在网上看了某小丫的文字，《都给我滚》《发克生活》，第一次，感觉到代沟，自己老了。

那些文字，野草野花野猪野鸡一样疯跑着，风刮了雨落了太阳太热了那么多人刚上班早上八九点钟就裸奔了。我知道，这些文字已经脱离了我这一代的审美，但是同时感到它们不容否认的力量。我知道，人一旦有了这种感觉，就是老了。仿佛老拳师看到一个新拳手，毫无章法，毫无美感，但是就是能挨打，不累。仿佛韦春花看到苏小小，没学过针灸按摩劈叉卷舌，没学过川菜粤菜鲁淮阳，但是就是每个毛孔里都是无敌青春。

码字，其实真没什么了不起，本能之一。有拳头就能打人，有大腿就能站街，把要说的话随便放到纸面上，谁说不是文字？小孩能码字，其实真没什么了不起，再小，拳头和大腿都已经具备了。《唐书》说白居易九岁通音律，冯唐十七岁写出了《欢喜》，曹禺十九岁写出了《雷雨》，张爱玲二十二岁写出了《倾城之恋》，即使看那些大器晚成作家的少年作品，基本的素质气质也都已经在了，只不过当时没人注意到，以为老流氓是到了四五十岁才成了流氓。所以不想因为某小丫的年龄，简单粗暴地将她归类到80后。贴一个标签，拉十几号人马，最容易在文学史上占据蹲位：近代在国外，有迷惘一代、垮掉一代、魔幻现实；"四人帮"之后在中国，有伤痕派、先锋派、痞子派；深入改革开放之后，有下半身、70后、美女作家、液体写作、80后。一路下来，标签设计得越来越娱乐、越来越下作、越来越没想象力。

　　文学，其实很了不起，和码字没有关系，和年龄没有关系。一千零五十年前，李煜说："林花谢了春红。"一千零五十年间，多少帝王将相生了死，多少大贾CEO富了穷，多少宝塔倒了，多少物种没了。一千零五十年之后，在北京一家叫"福庐"的小川菜馆子里，靠窗的座位，我听见一对小男女，眼圈泛红，说："林花谢了春红，太匆匆，无奈朝来寒雨晚来风。"在新泽西APM码头旁边的一个小比萨饼店，冬天，我和老鲍勃一起喝大杯的热咖啡。合同谈判，我们到早了，需要消磨掉一个小时的时间。老鲍勃说，他小时候也是个烂仔，还写诗，然后拿起笔，在合同草稿的背面，默写他的第一次创作："如果你是花朵，我就是蝴蝶，整天在你身边腻和。当朝露来临，将你零落，我希望我是朝露，不是蝴蝶。"我说，是给你初恋写的吧。鲍勃点了点头，那张五十五岁的老脸，竟然泛红。

其实，老拳师是怕新拳手的，不是他有力气，能挨打，而是新拳手不知死活的杀气；韦春花是怕苏小小的，也不是她的无敌青春，而是苏小小自己都不知道的缠绵妖娆。某小丫的文字挥舞着拳头，叉着大腿胡乱站在街上，透过娱乐的浮尘和下作的阴霾，我隐约嗅到让我一夜白头的文学的味道。

2

感官骗人。如果相信感官，世界就是平的，人就是不会老的，父母兄弟皆在，日子永远过不完。小时候挤公共汽车，售票的、开车的都是叔叔、阿姨。十多年不挤公共汽车了，有天下雨，的士抢手，挤上41路，我忽然发现售票的、开车的都该叫我叔叔了。妈的，改口困难，买票的一瞬间竟然不知道应该如何称呼那个小鼻子小嘴小眼睛的售票员。

我们这辈儿人是不是活着活着就老了?

老了。

老妈以前一件事骂三遍，怒气就消散了，现在要六遍。今年清明，早早就惦记起早就去世的姥姥，说好多年没去上坟了，通州的坟地或许已经被盖上了商品房。股市这么热，老妈还是取了两万元现金，报了一个欧洲十五日十二国傻瓜照相团。"靠，欧

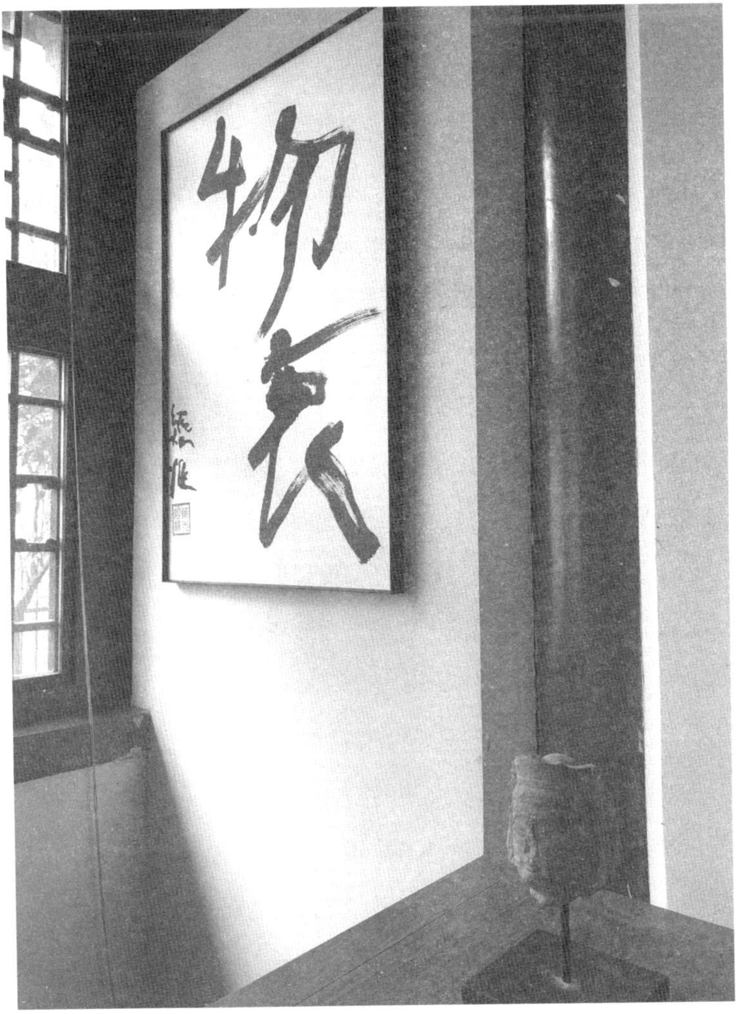
物哀

洲去过没去过？去过！"老妈说。今年春节，老爸的秘制烧肉开始忽咸忽淡，我们吃得出来，他自己吃不出来。无论老妈如何威逼利诱，再也不回美国了。老爸说，美国啊，监狱啊，没麻将，没大超市，没这么多电视频道。老爸垂杨柳西区赌王的名号最近也丢了。他说其他老头老太太赖皮，他和牌，他们不给他钱。其他老头老太太说，他诈和，没要他赔钱给大家就已经是照顾他了。

二〇〇七年正月十五，差五分午夜十二点，我写完了《北京，北京》最后一个词"意识"，忽然明白，生命过去一半了，而且很可能是更好的一半。在麻木的平静中，在窗外残余的爆竹声中，我扭头看着立在书架上的简装《二十四史》，不查《二十四史人名索引》，谁知道唐玄宗第二任宰相是谁啊？靠减少大便次数、缩短吃饭时间、不看电视电影等方式节省时间，《万物生长》三部曲也写完了，之后会进一步经历、理解、表达，但是我隐隐担心，对汉语的最大贡献已经在这三部小说里面完成了。手机短信，一个对联："叹红楼没写完，恨王朔不早死"，横批"救救他吧"。我隐隐担心，二十年后，我是不是也一样悟不出、疯不掉、死不了？我想，我至少能诚实，不装了悟，不装疯，经常去新西兰蹦极。

北京夜晚的流水大酒席，90后都已经被朋友的朋友牵引着出现了，新鲜得仿佛昨晚下了点雨、三环路边才开放的黄色连翘。屋子角落的阴影里、灯光照耀不到的桌子底下，已经没有巨大的趴伏的怪兽。仔细听，窗外有雨，有人打起雨伞，有人启动汽车，有人走近，血管里的激素已经没有了吱吱作响的泡沫。比我还大了十来岁的老哥哥们纷纷再婚，娶了80后的文学女青年，生了一个儿子或者一个女儿。在流水席上，我和他们一起笑眯眯地安详地望着90后，说，诗写得不错啊，酒喝不动就少喝些，千万别勉强。

不可避免的死了，一夜之间活着活着就走了

我唯一的外甥

你妈是我唯一的姊妹,你是你妈唯一的儿子,所以你是我唯一的外甥。

上次和你妈通电话,她说你改变巨大。尽管你还是长时间一个人关起门待在你的房间,但是天理已经开始起作用,你现在不只是打网络游戏了,你开始给你认识的小姑娘打电话了。

我记得你打网络游戏的狂热。从六岁起,平常上学的时候,你妈不叫你三次,不拎着菜刀进你房间,你不会起床。但是周六和周日,五点多钟,鸡还没叫,你就起床了。你用被子遮住门,这样灯光就漏不出来,你妈就不会发现你在打网络游戏。但是我知道。我去美国看你妈,通常都睡你旁边的房间。你打游戏的时候喝水,实在憋不住了,你就跑步上厕所。你跑去,你跑回,可真快啊,你撒尿,可真生猛啊,三年之内,马桶被你尿坏了两个。你打游戏的时候吃饭,最喜欢的是比萨,你跑来,你跑回,嘴里叼一块,手里抓一块。你和我很少说话,上次你和你妈一起去机场接我,你见面竟然连续和我说了三句中文:"小舅你好。明天我生日。你给我买一个 Wii 吧。"

你妈说你或许是尚被埋没的电子游戏天才,我说或许只是痴迷。你妈问我,你将来靠电子游戏能养活自己吗?我说,难。做游戏运营商,太损阴德。做游戏开发,需要数学天才。我认识的三个数学天才,一个在高盛做衍生产品风险模型,两个去开发魔兽争霸。你二十道算术题错八道,你妈说你不上进,你告诫你妈,做人不能太贪婪。做职业游戏运动员,需要生理畸形。如果想靠比赛挣钱过上体面的生活,打键盘的左手和右手都得是六指儿。

我有一个拍纪录片的朋友,比我黑,比我帅,他叫陈晓卿。他有个儿子,年纪和你一样大,比他白,比他帅,他看他儿子的眼神常常充满谄媚。他儿子最近和他爸一起到我家,他对我们谈的天下、入世、出塞、艺术、民众等没有兴趣,喝了一小杯黑方,两眼放光,还要。他爸坚持不再给,我拿出 iPhone,找了个游戏给他打发无聊。那个游戏叫"Shake Me"(晃我),非常简单,使劲儿摇晃,上面姑娘的衣服就一件件减少。他借着黑方的劲儿,两眼放光,晃了半个晚上,回家的时候,晃手机的右胳膊比左胳膊粗。后来陈晓卿说,孩儿他妈把我列入了不可来往的黑名单,她发现,从我那里回去之后,孩儿的百度搜索记录,最多的就是:美女,裸体。

这次你妈说你开始放下游戏,开始给姑娘打电话,证明了你不是游戏天才，天才不会放下，也证明了天理在你身上起了作用，就像它让小陈搜索美女的裸体一样。

我知道，这时候，围绕着小姑娘，你有十万个为什么。姑娘为什么笑起来比阳光还灿烂？头发洗顺了为什么比兰花还好看？你不爱吃肥肉但是为什么老想着女生衬衫包裹下的胸部？有些姑娘在千百人里为什么你一眼就看到？为什么看到之后想再看一眼？为什么看不到的时候会时时想起？为什么她出现的时候你会提高说话的声音？为什么你从来不打篮球，她去了你就跟着去了？等等，等等。

我只帮你解说（不是解答）一个问题：姑娘是用来做什么的？

简单地说，姑娘是个入口。世界是一棵倒长的树，下面是多个分岔的入口，上面是同一的根。姑娘和溪水声、月光、毒品、厕所气味等一样，都是一个入口。进去，都有走到根部的可能。

复杂些说，姑娘可以大致有五种用途。

姑娘可以做朋友。你或许慢慢会发现，有的姑娘比男孩儿更会倾听，更会扯脱你脑子里拧巴的东西。姑娘的生理构造和我俩不一样，我俩说，"我来想想"，姑娘说，"我想不清楚，我就是知道"。在上古时期（夏商之前），没台历，没时钟，没计算机，没战略管理，部族里就找一个十三不靠眼神忧郁的文艺女青年，不种玉米了，不缝兽皮了，专门待着，饮酒、自残、抽大麻，她的月经周期就被定义为一个月，她说，打，部族的男人就冲出去厮杀。

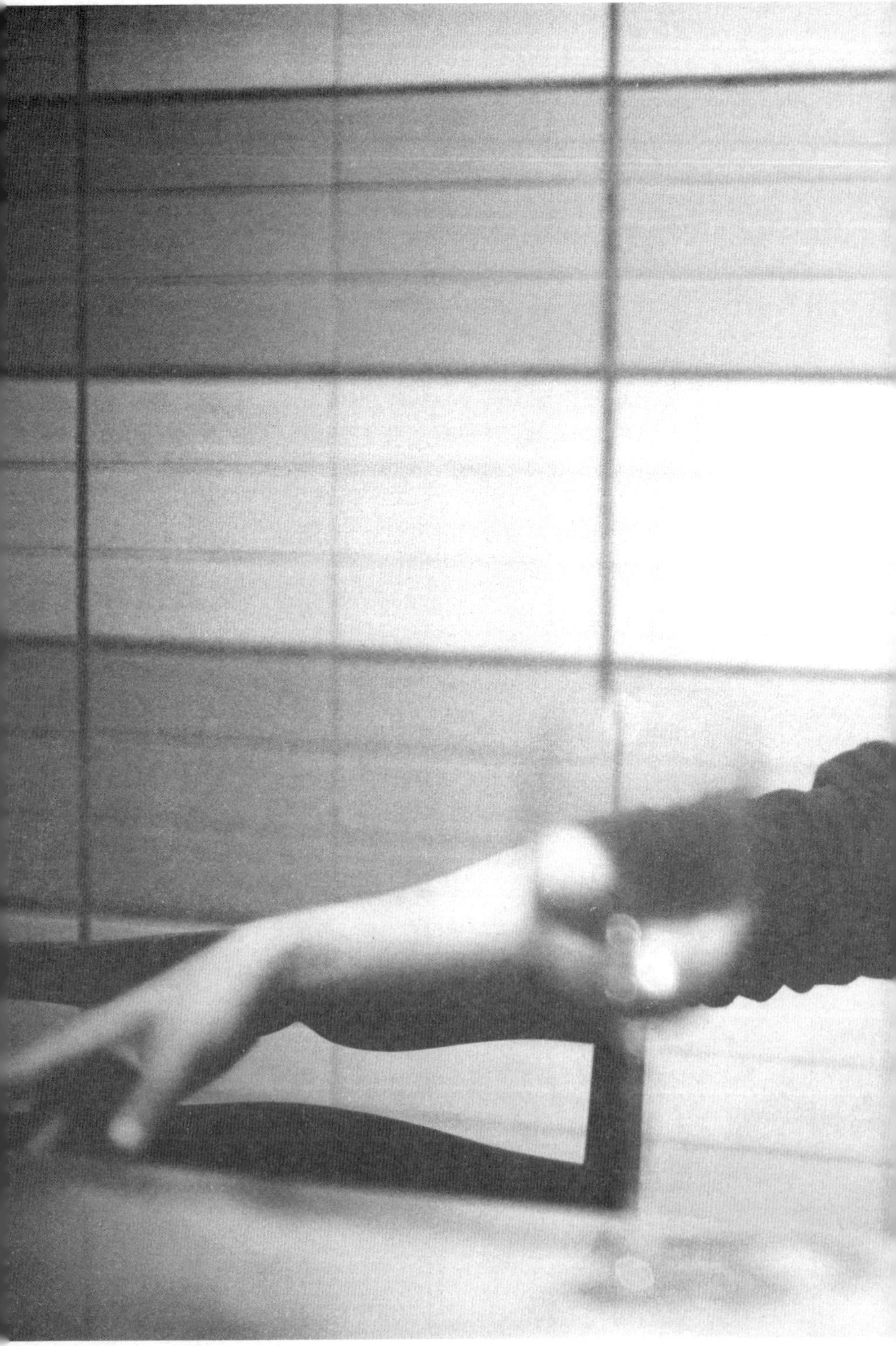

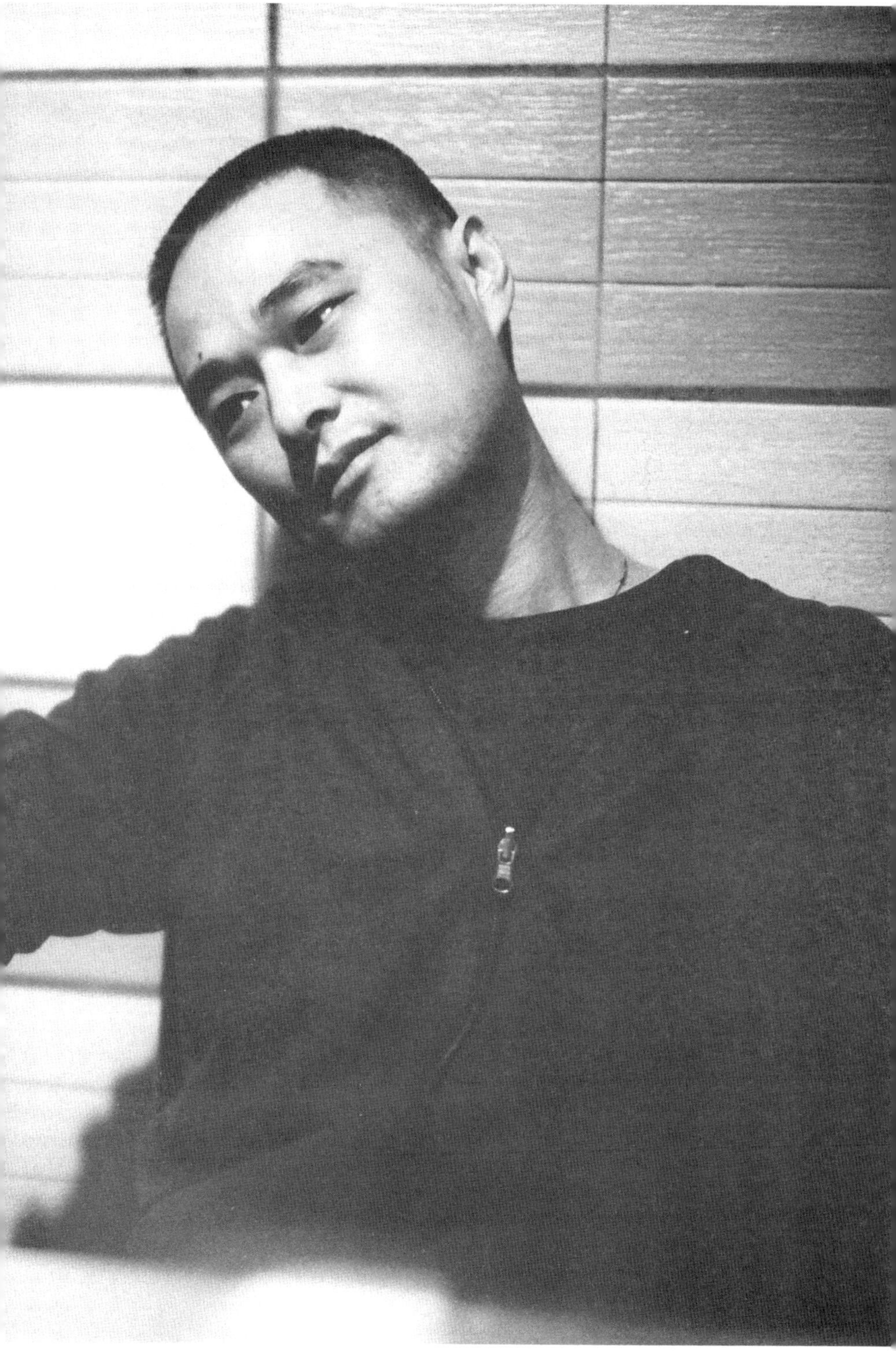

姑娘可以做老师。你或许慢慢会发现,年纪和你相仿的女生比你懂得多,特别是和世俗相关的,年纪比你大的女生就更是如此。找个姑娘当老师,你学习得很自然。年少时被逼学习,往往效果很差。我爸,也就是你姥爷,逼我跟着一个叫Follow Me的英文教程学英语,在之后的两年里,我听见英文,心里就骂,Follow你妈。但是这种自然的学习有一个潜在的坏处,你这样学习惯了,有可能失去泡姑娘的能力,基本不知道如何搭讪其他女生。你的姑娘教会你很多人生道理,但是不会教你如何解开其他姑娘的胸衣。

姑娘可以做情人。这个方面,她们往往和我们想的不一样。每个姑娘都渴望爱情,尽管每个姑娘都不知道爱情是什么。每个姑娘都觉得自己独一无二,尽管每个姑娘的DNA图谱基本相同。更可怕的是,每个姑娘都希望爱情能永恒,像草席和被面一样大面积降临,星星变成银河,银河走到眼前,变得阳光一样普照。姑娘们以爱情的名义残害的生灵,包括她们自己,比她们以爱情的名义拯救的生灵多得太多。下次陈晓卿再把小陈带来玩耍,我还给他喝黑方玩黄色游戏,但是我告诉他,回去要记得百度"爱情,忠贞",他妈发现之后,就会把我从黑名单上拿下来了。

姑娘可以做性伴。性交和吃饭和睡觉一样,是人类正常需要,和吃饭和睡觉一样,可以给你很多快乐。十五岁的时候,班上一个坏孩子和我诉说,人生至乐有两个,一个是夏天在树下喝一大杯凉啤酒,另一个是秋天开始冷的时候在被窝里抱一个姑娘,大面积地皮肤接触，长时间地摩擦。我当时只能理解其中一个，啤酒那个。过了很久我才理解，姑娘通常比左手和右手都好。多年以来，人类赋予性交太多的内涵、外延和禁忌。所以你如果想把姑娘这样用，你的小宇宙必须非常强大，姑娘的小宇宙也必须非常强大。通常这两件事儿很少一起发生。

姑娘可以做家人。通常情况下，你妈和你爸会死在你前面，你姥姥和你姥爷会死在你妈和你爸前面。如果你找个比你小些的姑娘，和她一起衰老，她有可能死在你后面。你不要以为这个容易。一男一女，两个正常人，能心平气和地长久相守，是人世间最大的奇迹。有时候你奇怪，为什么因为一件屁大的事儿，你姥姥想剁死你姥爷，那是因为那件小事儿激发了你姥姥在和你姥爷长久相守中积累的千年仇怨。

至于十万个为什么中其他的问题，你自己看书找解说吧。推荐《十日谈》《再见，哥伦布》和《十八岁给我一个姑娘》。别看《金瓶梅》，太多世情。别看《肉蒲团》，姑娘的胴体没那么多药用也没那么多毒害。别看《查泰莱夫人的情人》，世界观和妇女观都太病态。

记得多练习中文。中文是世界上最美的语言，是人类创造的最美丽的事物之一，这些，以后我慢慢告诉你。上次电话，你妈说你把外甥写成了处甥，你说你是我唯一的处甥，所以你妈很不高兴。

别的不说了。

食色

两千五百年前,告子讲:食色,性也。中国人伦理观念的基调就定了。

第一,作为探讨人和人之间以及天和人之间关系的伦理学,主要两个内容:食和色。食,讲工作,如何看待食,如何协调同事以及上下级的关系。色,讲生活,如何看待上床,如何保证生殖成功,子嗣繁衍。

第二,伦理学的基调是,食色,性也。不肮脏,不可耻,饮食男女,人之大欲存焉。老百姓需要的,皇上不禁。两千五百年前告子的理论和今天的生物学理论一致。对于生物体,生存是最大道理,吃饭,是为了个体生存,上床,是为了种群的基因生存。百年后,老张的血肉筋骨归于尘土,基因还在市面上流转,基因编码蛋白,蛋白聚合成眼珠子,小张眼珠子里的瞳孔看到大奶和大钞而放大,和上辈子老流氓的瞳孔并无不同,这就是常人实现不朽的形式和佛经说的转世。老天爷编写人性操作系统的时候,认定人性的最终驱动力是让个体基因存在下去的概率最大化。为了生存，可以六亲不认，无法无天，有奶就是娘，大奶是大娘。

中国人的工作观，比较简单。君君，臣臣，父父，子子，也就是说，做事要讲规矩，年轻人要学会等待。但是对于到底规矩是什么，两千五百年来，中国人从来就没有直接总结过一二三四。只是明确了做事的态度：敬，出门如见大宾，使民如承大祭。只是明确了做事需要达到的效果：和，在邦无怨，在家无怨。只是明确了做事过程中要把握的两个原则：恕，己所不欲，勿施于人；仁，己欲立而立人，己欲达而达人。两千五百年了，中国人一直在用这一套工作伦理，不清晰，但是实用。理论太清楚了，流氓的种类太多，混账事情的种类太多，不能套用，不实用。两千五百年过去，即使现在中组部选拔特大型国有企业一把手，把上千亿的国有资产交给某个五十来岁二百多斤的胖子，仿佛两千年前，秦王把全国一半的精壮男子交给王翦去灭楚国，用的不是平衡计分卡（Balanced Score Card）或者关键业绩指标（KPI），用的还是大拇指原则：这个人可不可以托三尺之孤，寄千里之命。

中国人的性爱观，是比较矛盾的。宋明以前，乐生，人活天地间，顺应自然，尊重人欲。没有电视，没有互联网，没有影院，天黑了后，农民们喝几杯自酿的米酒，院子里和自己身体里的虫子都在鸣叫着，于是彼此娱乐各自的身体，缓解一天的疲劳，制造新的劳动力量。城市里的文人和官员到青楼和寺院，作诗饮酒，商议国家治理边防漕运。歌妓和女道士比花还香艳，穿戴着当时最先进生产力制造的绫罗绸缎和金银珠钻，吟唱着"浮沉千古事，谁与问东流"，代表着当时最先进的文化水平。在自然规律面前，孔丘自己也无可奈何，说，吾未见好德如好色者也。即使孔丘本身也是这种性爱伦理的产物，《史记》中一针见血地指出，孔丘野合而生。到了宋明，国力狭促，理学盛行，讲究灭人欲，存天理。不是你老婆，看一眼都是不道德的，想一下都是罪过。有个笑话讲，一个理学信徒一辈子不上街，因为人上街则淫具上街，带着淫具在街上溜达，天理何在？改革开放之后的性爱观，介于宋明之前和宋明之后的中间。白天在街上手拉手的还是很少，CEO 们也基本都有老婆，最重要的业务是在娱乐场所谈成的。一个 CEO 教导我说："在中国做生意也复杂也简单，复杂到拜佛不知道庙门，简单到 ABC，烈酒（Alcohol）、美女（Beauty）和回扣（Commission）。"

CEO 们最近的潮流是每年去寺庙里上上香，吃几顿斋饭，住几天斋房，忘掉 ABC，养肝固肾，想想公司未来三五年的战略和组织结构。有个老总上完香之后，问过我一个哲学问题："一个人应该用一生去明白欲望就是虚幻呢，还是用一生来追求一个又一个欲望的满足？"

用什么标准选个靠谱的男朋友

在我漫长的前半生,我从来没交过男朋友,但是有好多女性问我如何选个靠谱的男朋友。我想,她们觉得我本身是男的,应该知道一些内幕,我年纪够大,应该有一些智慧,我原来做过长期管理咨询,应该有不可遏制的解决任何问题的冲动以及结构化思维的训练。这些女性当中,有些是年轻漂亮的女生,我的基因编码告诉我,任何男生都是配不上她们的(当然包括我),我如何有动力认真思考让她们找到靠谱男朋友的议题?有些是风情万种的小姐姐,我的常识告诉我,她们早就有了诸多个人人生体验,在这个议题上试图给她们任何建设性的意见都是徒劳的,她们不找男朋友或者乱找男朋友,对于她们自身或者人类社会,很可能都是好事。

我只能假想我有个二十出头的女儿,一头雾水,全身青春诱惑,如果她问我如何找个靠谱的男朋友,我该如何作答?

第一个想到的标准是东周时代孔丘推崇的六艺:礼、乐、射、御、书、数。知道礼数和进退，能带得出去，不容易沦为纯傻×。会写诗和弹琴，无聊的时候可以自娱自乐，停电了也不怕。射得又准又远，估计体能不错，或许脱了上衣还能有六块腹肌。车开得好，不路怒，能带着女生到处玩耍。汉字写得好，审美不会太差。数算得清，懂 CAPM 模型，不会太缺钱。

如果一个男的这六个方面都做得不错，应该也算是君子了。但是这毕竟是东周时代衡量男性的标准了，和现代生活距离有点远，会不会射箭和驾马车似乎不该占那么重的比重了。这六方面又有些过于强调平衡，六艺如果都做得很好，这货都可以做宰相了，当男朋友有些浪费或者无聊。

第二个想到的标准是唐朝甄选官员的四条标准：身、言、书、判。唐朝是个从容坦诚的朝代，好男儿都去当官，哪怕当官，第一标准还是长得帅和身材好，赏心悦目，老百姓喜闻乐见。第二个标准是口头表达好，会说话，嘴甜。第三个标准又是汉字写得好，看来书法在漫长的历史长河中的确重要。第四个标准是公文判词，对世界有基本正确的判断，能想明白，能写清楚。

一千多年过去了，我个人觉得这是一个很靠谱的选男朋友的标准，简洁而有效。如果一个男生面目姣好、身材妙曼，说话声音好听、内容还算有趣，你让他送你一个礼物：一封手写情书。如果字迹悦目，文章动心，又的确是他自己写的，这个男的大致就可以交往下去了。如果你怕情书内容狭窄，你就再考他一封手写议论文，比如让他谈谈中美贸易战、AI 如何加深人类的困境、人类如何在一百二十岁平均预期寿命的时代面对婚姻制度等。

第三个想到的标准是明代《金瓶梅》里王婆提出：潘、驴、邓、小、闲。王婆说："大官人，你听我说。但凡捱光的两个字'最难'。要五件事俱全，方才行得。第一件，潘安的貌。第二件，驴的大货。第三件，要似邓通有钱。第四件，小，就要绵里针忍耐。第五件，要闲工夫。此五件，唤做'潘、驴、邓、小、闲'。五件俱全，此事便获。"用现代汉语翻译，就是：貌似潘安，天赋驴禀，超级有钱，伏低做小，有闲陪你。

这个标准可能产生严重误导。即使在《金瓶梅》的那个年代，这个标准也是指找情人的标准。到了社会主义市场经济的如今，号称符合这五个标准的，一百个里有九十九个骗子。

世界已经够无聊了，如果不想在找男朋友这件事儿上再用理性的标准，适度回归动物本性，那就还有两种方法。一种是 Shoot & Aim。先射击再瞄准，先相处一段，再做判断。另外一种是回归直觉。问自己几个特别简单的问题：他能不能让你笑、能不能让你爽、能不能让你爱不释手、能不能让你朝思暮想。如果是，如果他也喜欢你，泡之，急急如敕令。

四

想起一生中后悔的事儿

当我三十年后回首往事的时候,
我怕我因没像狗子一样活去而悔恨。

真正的故乡

我的生日是五月十三日,和王小波一样。我写这篇文章的时候,差一个月就四十五岁了。王小波差一个月四十五岁那天,在北京郊区心脏病发作,去世了。

我固执地认为,一个人在二十岁之前待过十年的地方,就是他真正的故乡。之后无论他活多久,去过多少地方,故乡都在骨头和血液里,挥之不去。从这个意义上来讲,广渠门外垂杨柳就是我真正的故乡。

这里原来是北京城的近郊。所谓北京城里,原来就是城墙以里。北京城本来宜居,城墙一圈二十四公里,城里多数两点之间的地方走路不超过一个小时。广渠门附近的确多水,有大大小小很多湖、沟、池塘,有挺宽、挺深的护城河。多水的一个证据是,二〇一二年夏天的一个夜晚,下大雨,广渠门桥底下淹了好些车,还淹死了一个人。在北京这种缺水的北方城市,我还是第一次听到这样的事情。水多,杨柳就多,长得似乎比别处快、比别处水灵。

草木多，动物就多，原来还有公共汽车站叫马圈、鹿圈的，估计清朝时是养马、养鹿的地方。在附近，我还见过四五个巨大的赑屃，汉白玉，头像龙，身子像王八，石碑碎成几块，散在周围。我想，附近应该埋葬过王侯级别的男人和他的老婆们，一直纳闷他们随葬了一些什么东西。

这里曾是我身心发育的地方。一个窗外有成排的垂杨柳、窗内有小床的家，家门外三百五十四步之外的小学，沿途一二十个小摊和三四十棵杨柳，杨柳上的知了，护城河边的灌木，护城河里的鱼。我的肉身在这里从半米长成了一米八，我的心智在这里形成了世界观和人生观，肉身和心智一起在这里爱上姑娘，在这里反复失身、反复伤神。

在多个别处住了很久之后，我又回到了自己定义的我的故乡。我曾经在世界各地研究过很多养老院，专家有一致意见，人脑难免萎缩，人难免老年痴呆，就像眼睛老花一样不能避免，一个最简单有效延迟老年痴呆的方法就是和小时候常待的东西待在一起，比如书和围棋、象棋，和小时候常待的人待在一起，比如父母和损友。

在王小波走完了一生的年纪，在常人至少过完了上半生的年纪，我把近二十年散落在各处的个人物品都搬回了我的出生地北京，更确切地说，搬回了北京广渠门外垂杨柳。从昆明的办公室、住处，北京的办公室、父母家，深圳的办公室、住处，香港的办公室、住处，加州伯克利山上的住处，各种箱子被陆续运回北京，堆在垂杨柳的房子里。我又开始了到处跑的生活，三餐一半是在机场和飞机上吃，实在忙不过来，安排别人开箱，书为主，不管顺序，先摆上书架再说，还有点衣服，先挂在衣柜里再说，其他箱子暂时不动，等我有空，慢慢收拾。

有一天晚上，应酬回来，喝过一点点酒，微醺，进了屋门，放下公文包，没开灯，在黑暗中，街上的灯光和天上的月光涌入房间，依稀看到满架、满墙的一本本买来的书，闻见一些书微微的霉味、老茶饼的味儿、衣服的樟脑味儿。当时愣住，似乎进入了一座坟墓，坟墓的主人似乎是自己，又似乎是另一个和自己关系密切的人，似乎走进了一块冻住了的时间，硬硬的，冰一样，没有方向和前后，几年、几十年，没头没尾地停滞在一处，又似乎比冰柔软，手放上去，放久一点，不融化，但是变得如同透明软糖一样，捏一捏，变形。心里一紧，缓一缓神儿，吸一口气，心里又一紧。

四十不惑，筋骨渐涩，我又开始跑步，让肉身和心智还能有能量反复失身、反复伤神。小时候跑过的路又跑了又跑，护城河、龙潭湖、夕照寺、天坛，和读老书一样、见老友一样、喝老酒一样，熟悉的陌生，陌生的熟悉，一阵阵恍惚。我小时候多病，老师说多跑治病，所以常常以跑代走。从小学门口到家门口，跑十分钟，书包叮当作响，我跑上三楼，跑进家，我爸的炒菜就上桌了。我爸说，他一听到我书包的响声就葱姜下锅，我跑进家门，菜就刚熟，有锅气。

无常是常，人不能两次踏入同一条河流。常是无常，过去的人、过去的河流、过去的酒、过去的城市，似乎一直还在，在另一个时空里长生不老。

每到这种时候，"无可奈何花落去，似曾相识燕归来"这两句词总是冒出来，总是吸一口气，再跑一会儿，逼自己忍住不要去想所谓生命的意义。

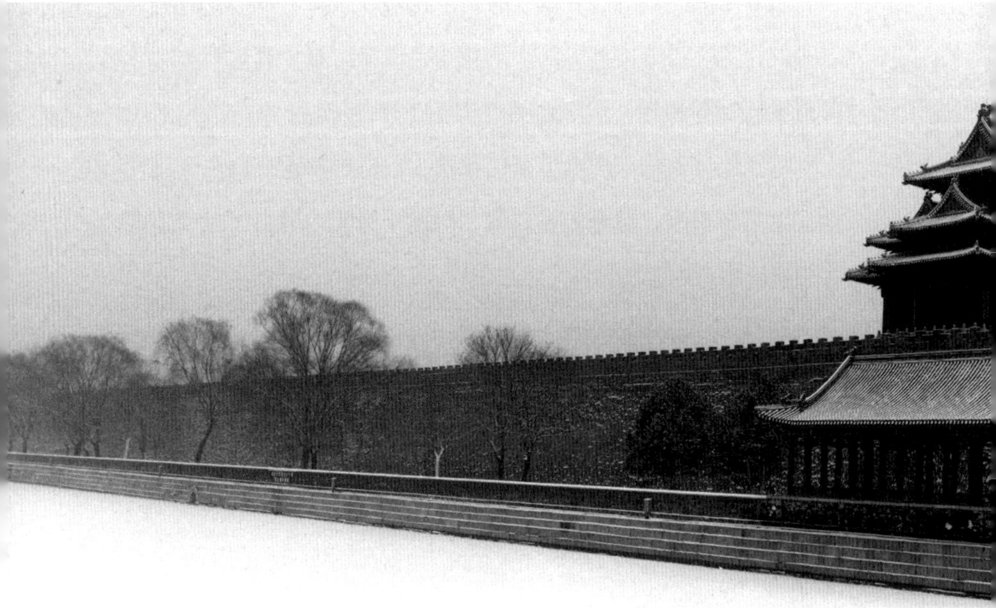

如何和老妈愉快相处

生而为人，每个阶段、每一年、每一天，似乎都面临一些难题，小到明天穿什么，中到天理国法、江湖道义，大到人生如果没有终极意义，明天为什么要醒来。面临的这些难题也随着四季、流水、年纪而变迁，少年时担心过早兴奋，中年时担心过度兴奋，年岁大了，或许会担心为什么一点也不兴奋。但是似乎生而为人的每个阶段、每一年、每一天，自己的老妈都是一个巨大的难题，如何真诚地、持续地、不自残地、愉快地和老妈相处，似乎永远无解。与之相比，战胜自己、战胜小三、战胜婆婆，为天地立心、为生民立命、为往圣继绝学，似乎都不是个什么大事儿。牙刷可以换，手机可以换，常住地可以换，女友可以换，老婆可以换，性别可以换，甚至可以认贼作父，但是老妈还是换不了。

自从我有记忆起，每次见老妈，我都觉得她蒸腾着热气，每一刻都在沸腾。我时常怀疑，英国人瓦特是不是也有这样一个老妈，所以发明了蒸汽机？老爸和她愉快相处的方式是装聋，大面积借鉴了"酒肉穿肠过,佛祖心中留"的禅宗心法。我问老爸如何和她待了六十年,老爸喝了一口茶,从后槽牙发出一句话:"一耳入,一耳出,方证菩提。"老哥和她愉快相处的方式是忍耐。老哥最早是不能和她睡在一个房间,后来是不能睡在一个房子,再后来是不能睡在一个小区,最后是不能睡在一个城市。不知道是老哥越活越自我越不愿意容忍,还是老妈越来越变本加厉越来越不加节制,我亲眼见到老哥陪老妈吃了一顿中饭,饭后吃了两片止痛片,离开两个小时后,和我说他头痛欲裂。

尽管有老爸和老哥缓冲老妈的能量,从少年时代开始,我还是不得不塑造我和她愉快相处的方式,我的方式是逃亡。地理上的逃亡是住校。我从高一就开始住校,再难吃的食堂我都觉得比我老妈用唠叨的方式摧毁"三观"强。心灵上的逃亡是读书和做事。很早我就避免和老妈对骂,这方面她有天赋,我即使天天在河边溜达,这辈子还是干不过她,老妈古文水平一般,我高一就读《二十四史》;老妈英文一般,我大一就读原文的《尤利西斯》。老妈被她触摸不到的事物震慑,一直有按捺不住驱魅的冲动,她会冷不丁问我:"你没杀过一个人,读得懂《二十四史》?你没去过英国,瞎看什么《尤利西斯》?跟我说说,你明白了啥?"

老妈活到八十岁前后,肉身的衰老明显甚于灵魂的衰老。她还是蒸腾着热气,但是热气似乎不再四散,似乎都在头顶飘扬,肉身仿佛一个不动的耀州梅瓶,灵魂在瓶口张牙舞爪。老爸去天堂了，老哥远避他乡，只留我和老妈在一个城市。我也不敢和她睡在一个房子里，甚至不敢和她睡在一个小区。我睡在她隔壁的小区，按北方的说法，在冬天，端一碗热汤面过去面不凉的距离。

我不得不重新塑造和她愉快相处的方式。

我尝试的第一种方式是讲道理。我自以为在麦肯锡小十年练就了超常的逻辑，外加佛法，外加卖萌，总能降伏她，然而我错了。我反复和她讲宇宙之辽阔而无常、人生之短促而无意义，为什么她每天还是那么多欲望和阶级斗争？老妈认真听了一次又一次，最后说："你这都是放屁，如果我没了欲望，我那还是活着吗？"

我尝试的第二种方式是念咒语。我总结了一下禅宗式微的根本原因是过分执着于证悟，丧失了广大群众。广大群众懂撸串和拜佛消灾，所以要有念珠和咒语。老妈说，每天睡前和醒后总有很多念头在脑袋里盘旋，可讨厌了，怎么办？我说，我借您一串念珠，您每次出现念头盘旋，就在心里默念一千遍：一切都是浮云。记住，一千遍。我再去看老妈，老妈一直对着我笑个不停。看我一脸懵逼样儿，老妈说："我念到一百遍的时候，忽然意识到，我傻×啊，一遍遍念这些有的没的，我又被你这个小兔崽子骗了。咒语，你收回。念珠，我留下了。"

在放弃努力之前，我最后的方式是顺势疗法。老妈的"三观"已经形成七十年了，我怎么可能修正它们？既然养亲以得欢心为本，那就毫无原则，往死里夸。有一天，老妈在微信群里嘚瑟：

"我完全没什么花销,有钱没什么了不起!"如果是在没想清楚这点之前,我一定会说,您是没花销,物业、水电、网络、保姆、吃喝、交通、旅游都是我们花的,您是没花销。想清楚这点之后,我是这么说的:"勤俭是中华民族的千古美德,您是典范,我们怎么就没学会呢?如果没有您的勤俭持家,我们怎么能到今天?爱您!"老妈蒙了四秒,问:"小兔崽子,你是在讽刺我吗?"我说:"怎么敢!"老妈释然,接着说:"就是啊,如果没有我存钱,怎么有钱供你们读书、出国、找媳妇?还是你最懂我啊。"万事都如甘蔗,哪有两头都甜?

我想,既然老爸都能坚持六十年,我就替老爸用顺势疗法再坚持治疗我老妈,和她再愉快地相处六十年。

想起一生中后悔的事儿

尽管有预言说二〇二九年人类永生，我还是习惯以八十岁阳寿作为人生规划的基本预期。过了四十岁，仿佛过了人生的前半程，后面是广义的余生。孔圣人号称四十不惑，我没有完全体会过不惑是什么，更真切的体会是，一会儿明白，一会儿糊涂，大事儿上明白，小事儿上糊涂。

四十岁之前，人生前半程，仿佛爬山，目标明确，朝着山顶，心中常常充满期待，骑虎驱龙，披荆斩棘，全是向上的力量。四十岁之后，人生后半程，尽管可能有所谓更高、更远、更强的目标，但是心里清楚，身体里、心里、周围，有种东西已经过了盛时，仿佛花开全满之后，月亮全圆之后，仿佛长篇小说读了一半之后，仿佛下山，无论怎样界定，那个山脚一定在等着我们所有人，那个肉体无法避免的终点比上山时看得真切得多，于是，期待少了很多，回望的频率高了很多，越来越精打细算如何花剩下的时间，仿佛一个勤俭持家的人对待一点点减少的储蓄，只花时间给三类

春风十里不如你

潘石屹 摄影

人：好看的人，好玩的人，又好看又好玩的人。四十岁之后，散步时，十公里跑时，动不动就想起一生中后悔的事儿，散也散不掉，跑也跑不掉，梅花就总落满小区和护城河边的道路，给保洁团队添了很多麻烦。

前半生，和人聊天，我有句口头禅是"祝你幸福"。现在，遇上非常熟悉的老哥老姐们儿，我新的口头禅是："您还有啥未了的心愿？"这些老哥老姐们儿通常都很敞亮，答案五花八门，比如"每天吃好喝好玩好"，比如"时刻准备着闹点大事儿"，比如"没有什么未了的心愿了"。如果遇上比较介意的，我就用更正经的措辞问："面对余生，你内心最大的困扰是什么？如何克服？"

常见的答案有：

"最大的困扰还是死亡。我们成长在一个没有宗教的环境里，不知道死后是什么。在某些宗教里，好人上天堂，坏人下地狱，当然，绝大多数人都认为自己是好人，即使少数自认人渣的人也知道死后去哪儿，也远远比不知道去哪儿要强得多。在另外一些宗教里，有来生，那就更不怕了，死了之后，二十年后又是一条好汉。我们现在长大了，再想去信个宗教，也有些晚了，将信将疑帮我解决不了面对死亡的问题。"

"最大的困扰还是情欲。任何激情，都不可能持续很久，如果能持续很久，就不是真正的激情了。虽然已经是残生，但还是要活很久,而且还要被情欲困扰很久。年轻时我无法一生爱一人,现在还是做不到。出轨怕道德谴责,嫖娼怕朝阳群众,引刀自宫,怕自宫之后还是写不出《史记》被周围人嘲笑。"

"最大的困扰还是后代。生小孩儿的时候,没征求过小孩儿的同意。既然生下来了,就应该尽到养育的责任。我不知道我不在了,他们怎么办?我甚至不知道,我即使能一直陪他们到成年,我应该怎么办?"

这些终极问题,本来也没有终极的正确答案。我也问过我自己,我余生最大的困扰是什么?

对于我来说,不是死亡。长身体和形成"三观"的时候,就泡在生物系和医学院,见了太多生死,我做的博士论文课题又是癌症,对死亡本来就不陌生。"人生一世,草木一秋""人死如灯灭""光阴者,百代之过客也",这些道理渗入骨髓。去年,老爸走了,我对死亡有了新的认识。老爸走了很久之后,我还是觉得他没走多远。死亡不是终点,阴阳其实无隔,一个楼的不同单元而已;死亡之后,肉身和灵魂换了另外一种我们并不清楚的方式存在而已,仿佛东瀛爱情动作片可以是一场真人表演,也可以是一场电影,也可以是U盘里的0和1。有一次坐飞机,飞机剧烈颠簸,周围所有人都自觉系好了安全带,一脸死灰。我害怕了一瞬间,但是想到,即使我挂了,还有十几本著作留下,根据版权法,还有五十年版权可以分给我的亲人,另外,我有很大的信心，再过一百年，我的书还会有人读，我合上眼，很快睡着了。

对于我来说，也不是情欲。首先，情欲不是一个坏东西，情欲是原动力。从青春期到年近半百，我已经积累了多年管理情欲的经验，何况还可以写小说、写诗，何况还有那些伟大的东瀛爱情动作片。

对于我来说，也不是后代。诸法无我，我越来越倾向于，任何一个人，包括父母，都不能决定一个孩子的到来。任何孩子的父母都只是一个通道，众多无法事先确定的力量合成一个决定，把一个无法事先确定的孩子通过这个通道送到人间。孩子的到来其实是为了给这些无法确定的力量再添一个更不可控的因素，仿佛一粒沙投入一座城堡。

细细想来，我余生最大的困扰是克服一些、打破一点、平衡好我上半生赖以成就的那些特性。这些特性里最突出的一个就是争强好胜：从来没拿过第二，在自己毫不相关的领域里也要争第一，先人后己，照顾目光所及的所有人，惦记一切最好的以及班花，享受横刀立马、千军之中取上将首级的意气风发。需要克服好胜的原因罗列如下：打打杀杀一眨眼几十年，那看花的时间呢？阳光之下，力战就必定能胜，动作变形也能接近天成？

克服的方法说起来很简单，做起来却很难：做自己认为对的事儿，慢慢放下输赢和计算。

我能赢吗？

我的理想小房子

老舍先生快到四十岁的时候,在《论语》第一百期发了一篇文章,讲他的理想家庭。家庭太复杂,涉及太多硬件和软件、生理和心理、现在和未来,一篇文章不容易讲透。这篇文章,我只想聊聊我理想的房子。组个理想家庭的重要前提之一,是有个理想的房子。

多数人类包括不少禽兽都有筑巢的冲动,尽管生没带来一物、死带不走一物,生死之间,总想有个自己私有的窝儿。人都有个妈,我也有一个。我妈是纯种蒙古人,我的理解,蒙古人居无定所,骑上马就带着全部家当走,下了马放下家当,就是家。但是我妈到了城市,很快就开始念叨,她想要有个大房子,我说和蒙古习俗不符啊,她说她也不知道,但是她就是想要。我想,这些说不清楚但是一定想要的,往往根深蒂固地编码在人类基因里。

我心目中理想的房子要有十个要素。

第一,房间面积要小。

一卧,最多两卧。多出来的一个卧房当客房或者等小孩儿长到青春期为了自摸方便坚持要求自己睡或者偶尔夫妻吵架需要分房睡。每个卧房不超过十平方米——乾隆帝的卧房也不过十来平方米,平常人王气更弱,不僭越。卧室里最好有大些的衣橱,常穿的衣服可以挂起来,旅行箱也可以藏到视线之外。

一厨。如今的女性喜欢平等,做完饭不洗碗,所以要有洗碗机;要有烤箱,没女人做饭的时候可以烤鸡翅和羊肉。

一起居室。一桌,六到十把椅子,吃饭、喝茶、看书、写作都有地方了。最好有个真壁炉,天冷的时候点起一把火,心里就踏实了。最好有个宽大的单人真皮沙发,中饭之后,瘫在里面看书,被书困倒,被夕阳晒醒,午睡前的书都记到脑子里了。

这样算下来,一百平方米足够了。如果嫌小,想想,多出来的面积和房间你一年也去不了几次;想想,面积小,好打扫。如果还嫌小,想想减东西,一年以上没碰过的东西,理论上讲都可以扔了。不用参"断舍离",只参一个"扔"字,就好。

第二,要有个大点儿的院子。

有树。最好是果树或者花树或者又开花又结果。自家的果子长得再难看也甜;哪怕花期再短、平时打理再烦,每年花树开花的那几天,在树下支张桌子,摆简单的酒菜,开顺口的酒,看繁花在风里、在暮色里、在月光里动,也值了。

有禽兽。大大小小的鸟用不同方言叫,松鼠、野猫、鹿不定时地来看看你在读什么书，知道你没有杀心，见你靠近也不躲避，稍稍侧身，让你走过去而已。

第三，要有好天气。不要太干燥，不要太潮湿，冬天不要太长，夏天早晚不要太热。

第四，要有景色。尽管你天天看，但是景色依旧重要，或许也正是因为你会天天看到。如果你的眼睛足够尖，你会发现，尽管你天天看，景色每天都不一样。上天下地，背山面海，每天看看不一样的云，想想昨晚的梦，和自己聊一会儿天，日子容易丰盛起来。

第五，附近要有公园。越近越好，走路三五分钟能到最好。如果开车才能到，不能算房子附近有公园。公园不用很大，简单的草坪，一圈二三百米，能跑步就好。人过四十，一身不再是使不完的力气，反而有总拉不开的筋骨，跑步是解药。每天跑跑，三五千米，汗出透，整个人都好了。

第六，附近要有大学。最好走路能到，最好是所像样的好大学。有大学就有图书馆，有看不完的书可以蹭看。有大学就有苍蝇馆儿，而且开得晚，一年到头都有便宜的好吃的。有大学就有教授，要张课程表，去蹭大课听。有大学就有女生，花树的花落了，还可以在校园里看女生。

第七，附近要有足够好的生活设施。最好能有几家好餐馆，开了几十年，食材新鲜，厨师踏实，菜好到你常吃不厌，懒得做饭了，就能不做。最好能有几家好咖啡馆，豆子现磨，闻香进门，早餐和糕点都让人惦念。最好能有一两家走路能到的独立书店，时常能翻翻新书，每次能买到一两本过去一直想读但是没机会读的旧书。小学和中学都在走路范围内，否则接送小孩儿上下学就会消耗掉你不多的自由时间。多数病都是年纪大了之后得的，老了之后，医院是必需的。医院最好走路能到，不必雕梁画栋，等候时间不长就好，医生能不乱开药、能多和你解释病情、能体会到你的痛苦就好。

第八，城市要有历史。最好百年以上，连续不断。有很多古董店，家具、瓷器、餐具，买了就用在日常的生活里，一年下来，在古董店买的东西比网购还多。有不少博物馆，一些古迹，偶尔逛逛，觉得祖先并不遥远。

第九，一个小时车程之内有国际机场。人偶尔还是要出去走走，度假、会友、凑热闹。

第十，附近要有朋友。最好有很多朋友。朋友们就散住在附近几个街区，不用提前约，菜香升起时，几个电话就能聚起几个人，酒量不同，酒品接近，术业不同，三观接近。菜一般，就多喝点酒；酒不好，就再多喝点，很快就能高兴起来。

一生中，除了做自己喜欢的事儿，剩下最重要的就是和相看两不厌的人待在一起。从这个角度看，这第十点是最重要的一点。所以如果看上一处房子，买了下来，让房子变得更理想的捷径是鼓动好朋友也买在附近，共我山头住。

当然，这十点之前，有些更基本的要求：空气是干净的，水是能喝的，食品是能吃的，无论什么时候在街上走是安全的，没有什么组织是能不依法就把你从你的房子里带走的。有时候，这些要求看上去是如此基本，但是有时候，又似乎是那么遥不可及。

老舍先生写这篇《我的理想家庭》是1936年，他在文章结尾的时候说："这个家庭顶好是在北平，其次是成都或青岛，至坏也得在苏州。无论怎样吧，反正必须在中国，因为中国是顶文明顶平安的国家；理想的家庭必在理想的国内也。"如果老舍先生还健在，他在哪里，北平就在哪里，哪里就是北平。

我理解他在那时的无奈，佩服他在那时的乐观。希望我们都有他的乐观，希望一切无奈落去，希望一切理想成真。

想起一生中后悔的事儿

安琪 摄影

茶缸在右手一臂之遥

老爸在印尼长到十八岁。五十年代,印尼排华,杀人如麻,我爷爷想死在广东老家,我老爸带着一堆葫芦娃一样的七八个弟弟妹妹回国。因为从小养成的习惯,老爸爱喝咖啡,加很多糖,加很多炼乳。自己喝美了,也让我们喝,希望我们也感觉咖啡很美。

那时,我哥正忙着在街头打架闹革命泡姑娘,觉得喝咖啡是资本主义腐朽的东西,非常不酷,坚决不喝;我姐喝了上嘴唇开始长胡须,我喝了牙床肿胀。老爸也不劝我们喝了,自己默默地喝着加了很多糖和炼乳的咖啡,一边美着,一边眼睛汪汪地望着遥远的南方。

后来,老爸也不太喝咖啡了。他说很难买到好的咖啡豆,炼乳都快全部停产了,自己磨咖啡豆、煮咖啡,太麻烦。老爸开始转喝茉莉花茶,北京到处买得到。他茶喝得很酽,一个大茶缸子,大半杯茶叶,一大杯水,茶水浓到看不到杯子里的茶叶。从早到晚,春夏秋冬,老爸热茶不离身,大茶缸子总在右手的一臂之遥。水喝光再续，续了三四次之后，换新茶叶，再添水。茶叶渣子也不扔，堆在朝阳的屋角晒干，积攒半年就够装填一个不大不小的枕头。午睡枕着，梦见床脚盛开茉莉花。

我开始跟着老爸喝茉莉花茶。他的茶太酽，他总是单给我找一个小一号的杯子，从他的大茶杯中倒出一口茶，再添很多水，茶汤的颜色还是很深。我喝一口，一股茉莉花味儿伴着浓重的苦味，脑子一清，眼睛一明，又欢天喜地读闲书去了。

参加工作之后，我开始到处跑，居无定所，很少回家。即使回家，也是仅仅和父母打个招呼，然后就回自己屋子忙着开电话会、杀邮件、批文件、会朋友、写文章、补觉儿。每次回家，无论四季，无论地域，老爸也没话，用他的大茶缸子帮我勾兑一杯稍淡的茉莉花茶，放我手里，算是告诉我，他知道我回来了，然后走开，让我肆意忙我的事情。到了他换大茶缸子茶叶的时候，再走过来，帮我也换新茶。

二三十年下来，我渐渐形成了习惯，无论四季、地域，接过一杯热热的茉莉花茶，喝一口，沉一晌，气定神闲——准备好了，可以开始消化一切傻×和浑蛋了。

因为工作，多数的时候，有家不能回，有父母不能见，一年大部分的时间，吃在飞机上，睡在酒店的床上。实在心浮气躁的时候，把客房门挂上"请勿打扰"，把手机放静音，电热壶随便烧水，酒店茶杯随便泡，给自己一杯茉莉花茶，就算老爸放我手里一杯他勾兑的茶,就算很短地回家待了待。一阵恍惚之后,又可以坚忍耐烦,面对傻 × 和浑蛋了。

唐人牛希济写过一首《生查子》:"记得绿罗裙,处处怜芳草。"我的人生体验是反的:因为喝惯了茉莉花茶,青春期刚开始的时候,刚刚体会男女,喜欢的女生也都是茉莉花一样,爱穿青绿裙子、白汗衫,适应北方,不爱热闹,不停闷骚。

写过一首《初恋》:

　　白白的

　　小小的

　　紧紧的

　　香香的

　　佛说第一次触摸最接近佛

和诗歌无关,一个实用生活技巧是:去一个陌生的餐厅,尤其是高档餐厅,想喝茶的时候,一定不要点宫廷普洱、宫廷水仙、宫廷肉桂、宫廷大红袍、宫廷铁观音、宫廷龙井、宫廷毛尖、宫廷六安瓜片,最稳妥的是点壶茉莉花茶。广东也叫香片。

我爸认识所有的鱼

老爸走了，我现在赶去机场，回北京。

二〇一六年十一月十三日。老爸十天前还能吃能喝，半盘子卤肘子吃光之后一碗粥喝光，两天前还在做饭炒蘑菇，今天上午还吃了半碗面条，今天下午五点，就毫无痛苦地过去了。他九月过了八十三岁的生日。今天还是老妈的生日。

我订完机票，取消下周所有会，打了几个电话，安顿好，忽然想到，每次见到老爸，他都不太爱说话，给我倒一杯热茶，眼泪下来，止不住。我知道，走得这么快、这么安详，像睡着了一样，是老爸的福德，也是他一生修行的见证。可是，我还是觉得心里空了一大块，眼泪止不住。洗把脸，准备去机场，洗着洗着，哭倒在洗手间的地板上。

前一个月，安排彻查了老爸的身体，排除恶性病变。老爸体重不到四十公斤，我搀着他，觉得他小得像个孩子。我小的时候，不到四十公斤，他也这样拽着我的手，去医院、去公园、去他单位玩耍。因为太瘦,老爸的静脉状况很差,做加强CT需要的留置针都安不住。我还和他开玩笑,如果真生病了,要静脉注射,您就真有罪受了。老爸进CT室之前,要卸下一切金属,他脱了手表、钱包、钥匙、手机、戒指、手链、香烟、打火机、假牙,我拿他的帽子盛了这些物件儿,小小一堆儿,很无辜地聚集在一起。

他一点罪都没受,睡着去了,在地球上他住过最长时间的北京垂杨柳,和平时午睡一样,张着嘴,手放在电脑上,眼睛闭着。我想过给他换个新平板电脑,他说不要,他的电脑里斗地主积累了很多分数,一换就都没了。他从来没有多过一万元的存款。他一直霸占厨房,给周围人做饭,认为任何厨神做的饭都没他做的好吃。他认为所有馆子的菜都太贵。他认识所有的鱼。他说,天亮了,又赚了。

反正老爸一辈子不太爱说话,他的小羽绒服还挂在门口的挂钩上,我认为他根本没走。老妈在老爸屋子里摆了一个简单的灵堂。我去上了香,看到他的床空了,整整齐齐的,照片中的他笑得像以前一样无邪,手表、钱包、钥匙、手机、戒指、手链、香烟、打火机、假牙等分列照片两边,我眼泪又流出来。流了一阵,擦干出去,我在老妈面前不敢哭。老妈啊,您总是欺负老爸,如今他走了,您没人欺负了,您怎么办呢?

我见过的最接近佛的人圆寂了,留我一个人独自修行。圆寂不是离去,而是去了另一维空间。其实,人一起生活过一段时间,就没了生死的界限,除非彼此的爱意已经被彻底忘记。我这么爱老爸,他就走不了。其实,人比的不是谁能拥有更多,比的是谁更能看开。老爸一直没拥有过什么,一直看得很开。我努力向您学习,争取做到您的万一。

我在这一维空间里祝您在另一维空间里一切安好,认识那里所有的鱼。

哭闹得不到一切，也不该得到一切

在生命里越早见到的人，随着生命的进程，再见的频率越小。工作同事，至少一周一见。大学同学，三个月、半年一见。中学同学，两三年一见。

上次和中学同学见面，有些人已经不止十年没见。老胡原来是我的小组长，轮到我们小组打扫卫生的那天，他负责分配工作：谁扫地，谁擦地，谁倒垃圾。毕业之后，在我们班所有同学之中，老胡第一个从事金融工作，用钱挣钱，他对汇率和北京房价的判断永远比那些著名经济学家准确；他第一个结婚，找了一个长得像观音的姑娘；他第一个生孩子，是个男孩儿。老胡曾经非常得意地和我们说："我儿子非常壮实，五岁时就追着打我。"

这次中学同学在火锅店见面，我匡算了一下，老胡的儿子应该在二十岁左右了。我和老胡说："国家政策开放二胎了，你还不再要个孩子？"

老胡回答："不要了。太累了。儿子十九了，还追着打我，学习不好，我太累了。"

"儿子学习不好，你累什么啊？"

"儿子抑郁症了，纯宅，社交恐惧症。他查看了全球一百多个大都市，认定，这个地球上只有东京这个城市适合人类居住。他要我给他买房子，房子所在的楼不能超过两层，一层或两层高的独栋都可以，但是不能拿什么六层、七层的房子凑合。不去大阪，东京房价贵出大阪六倍是有道理的。儿子说，如果东京住习惯了，就满足父母和爷爷奶奶和姥爷姥姥的要求，在东京找个大学上。"

"你儿子能在东京自己生活？"

"儿子对于自己有切实的理解，他说了，他自己无法生活，他要求他妈去东京陪他。"

"如果你不答应他呢？不给他在东京买独栋屋，不让他妈，也就是你老婆，去东京陪他。"

"他就不上大学啊！甚至，他可能会去死啊。"

"那你为什么不能就让他去死呢？"

"精神科医生说，不能刺激他啊，他是个病人啊。"

聊到这个时候，火锅已经吃得很热闹了，一瓶茅台也快喝完了。我索性更坦诚一点，接着问老胡："咱们理论推演一下哈，如果你儿子五岁的时候追打你，你追打回去，让他知道世界其实是有某种秩序的，他现在还会追打你吗？如果你儿子十岁之前狂要的东西，你有理有据地拒绝，让他知道诸事无我，他现在还会逼你买东京的房子吗？"

"他上学很苦，总是学习不好。爷爷奶奶把他安排到了北京最好的小学，然后最好的中学。他一直在班上排名倒数第一，回家总是哭，我觉得应该多体谅他一点，多满足他一点，他太不容易了。他经受的这些痛苦，是你们这种学霸体会不到的。"

我忽然意识到，老胡同学在孩子上犯了成年人常犯的两个错误：所谓生活上太多纵容，所谓事业上太过要求。

读《了不起的盖茨比》，我脑子中一直在想，一些了不起的年轻人（比如盖茨比）第一个需要明白的是："你即使尽了全力，即使有了全部的运气，即使做到最好，你还是得不到你想要的一切，甚至一个女子，甚至一个夜晚的安宁。"

延伸想，一些了不起的老人（不举例了，那些曾经占据杂志封面和报纸头条的）第一个需要明白的是："你即使尽了全力，即使有了全部的运气，即使做到最好，你还是躲不开厌倦。你很难像以前一样渴望和狂喜，在死亡迎接你之前，厌倦会陪伴你很长。"

再延伸想，一切小孩子第一个需要明白的是："你不是世界的中心，哭闹得不到一切。"

其实，父母应该做的第一点，就是让孩子们明白：你得不到你想要的一切，世界不是围绕你来旋转的，尽管你偶尔有这种错觉，你最好平静接受这一点。

其实，父母应该做的第二点，就是和孩子们说好，不必成材。人生三个基本目标：不作恶，开心，自己养活自己。如果能达到，就是很好的一生了。

老胡同学说："如果把这人生三个基本目的说给我儿子，他会问我：如果人生第一个基本目标和第二个基本目标产生矛盾，怎么办？如果我只有作恶才开心，怎么办？"

五

文字打败时间

一个没有浪费过生命的人
终将一事无成
男人写的好文章也必定涉及某个女性

文字打败时间——我的文学观

纯从个人认识出发，我的人生观是我感受到、我理解、我表达。文字打败时间，这是我一辈子要做的事情。不再当妇科医生之后，初恋二婚之后，就这么一点人生理想了。基于此，我的文学观有三点内容。

第一，感受在边缘。

码字人最好的状态不是生活在社会底层。没有一间自己的房间或者被豢养在一个施主的房间，等着下一张稿费汇款单付拖欠了半年的水电杂费、儿女上学期的学费、父母急诊的药费，去另外一个城市或者国家、和另外一群人交谈已经是十年之前的事情了。这种状态，容易肉体悲愤、仇恨社会，不容易体会无声处的惊雷，看不到心房角落里一盏鬼火忽明忽暗，没心情等待月光敲击地面，自己的灵魂像蛇听到动听的音乐，闭着眼睛檀香一样慢慢升腾出躯壳。

码字人最好的状态不是生活在风口浪尖。上万人等着你的决策，上百个人等着见你，一天十几个会要开，在厕所里左耳朵听着自己小便的声音右耳朵听着手机。日程表以五分钟一档的精密度安排。你的头像登在《华尔街日报》头版上半页，你的表叔在使劲盘算如何在小学门口绑架你儿子。这种状态，不容易体会布衣暖、菜根香、诗书滋味暖心房。容易看不到月亮暗面，容易忘记很多简单的事实，比如人都是要死的、眼里的草木都会腐朽、没什么人记得和孔丘同朝的第一重臣叫什么名字。

码字人最好的状态是在边缘，是卧底，是有不少闲有一点钱可以见佛杀佛见祖灭祖独立思考自由骂街，是被谪贬海南的苏轼望着一丝不挂的雌性蛮人击水在海天一线，是被高力士陷害走出长安城门的李白脑海里总结着赵飞燕和杨玉环的五大共同特点，是被阉的司马迁暗暗下定决心没了阳具没了卵蛋也要牛×千百年姓名永流传。

第二，理解在高处。

文字里隐藏着人类最高智慧和最本质的经验。码字人可以无耻，可以浑蛋，但是不能傻×。码字人要能够抓着自己的头发把自己提升到空中，抚摸那条跨越千年和万里、不绝如缕的金线，总结出地面上利来利往的牛鬼蛇神看不到、想不明、说不清楚的东西。让自己的神智永远被困扰，心灵永远受煎熬。码字人，钱可以比别人少,名可以比别人小,活得可以比别人短,但是心灵必须比其他任何人更柔软流动,脑袋必须比其他任何人想得更清楚,手必须比其他任何人都更知道如何把千百个文字码放在一起。如果你要说的东西没有脑浆浸泡、没有心血淋漓,花花世界,昼短夜长,这么多其他事情好耍,还是放下笔或者笔记本电脑,耍耍别的吧。

第三,表达在当下。

动物没时间观念,它们只有当下感,没记忆,不计划也不盘算将来,只领取而今现在。在表达的内容和着力点上,码字人要效法动物,从观照当下开始,收官于当下。写项羽,我或许写不过司马迁和班固,写二十一世纪的街头流氓、野鸡、民营企业家和海归白领,未必。

读齐白石的二十一次唏嘘

1

"小时多病,病危时,祖母常祷于神祇,以头叩地做声,伤处坟起……一日,祖母使予与二弟纯松各佩一铃,言曰,汝兄弟日夕未归,吾则倚门而望,闻铃声渐近,知汝归矣,吾始心安为晚炊也。"

我姥姥带大了我哥、我姐和我。我姥姥比我妈明显漂亮,我妈比我姐姐明显漂亮。我姥姥说,女人和西瓜一样,一辈儿不如一辈儿。我四岁那年,夏天炎热,好多老头老太太都死了,我姥姥也没躲过去。

我姥姥是蒙古人,没有名儿,只有姓,梁包氏。老家赤峰,后来挖出来红山文化,很多青黄玉器,天一样青,地一样黄。蒙古人多神,在众多强大的力量面前体察到神灵,风、云、雷、电,马,山,河,部落里脑袋被马屁股坐了之后坚持相信某种使命的人。红山的玉器里,这些神的小样儿都有。

我姥姥在北京的家里也有神龛,放几块石头,几条布头儿,一张画像。祭品包括米饭,瓶装二锅头和一种细细的卫生香。我小时候没事儿就生病,街上流行什么病,我就得什么病。烧糊涂的时候,就听见我姥姥在神龛前用蒙古话叽里咕噜唠叨。我问她在说什么,我姥姥说,风,云,雷,电,马,山,河,我去你妈,我操你大爷,我操你全家,连我外孙的命都保不了,我吃光你的米饭,喝光你的酒。

我姥姥也给我系过一个铃铛。她说是长命锁,上面刻了八仙,银的。我当时觉得很沉,什么银的,全部黑兮兮的。我姥姥自己喝散装二锅头,到了下楼不方便的年纪,她让我姐带着我和瓶子去小卖部买。我姐说,大人管钱,小人管瓶子,所以我拎着酒瓶子。有一次,我在家门口摔了酒瓶子,被我姥姥痛打,并且没让吃晚饭。我姥姥说,要我得个教训,学些生活的道理。

2

"我二十岁……足足画了半年,把一部《芥子园画谱》,除了残缺的一本以外,都勾影完了,订成了十六本……祖母也笑着对我说:'阿芝!你倒没有亏负了这支笔,从前我说过,哪见文章锅里煮,现在我看见你的画,却在锅里煮了!'"

我也有一套《芥子园画谱》,东四中国书店买的,也不全,四册缺花鸟鱼虫卷。翻了翻第一卷,就觉得没劲儿,几个穿长袍的古人,在河边挑了一个很邪逼的地方站着,也不钓鱼,也不游泳,也不投河。不懂。

我邻居的坏小孩儿,比我大两岁,有整套的《三国演义》小人书,我从第一本《桃园结义》照着描到第四十八本《三国归晋》。

我并不满足,决定开始画活物。家里的朱顶红开了,绿肥红厚,花柱头和龟头一样雄壮。我对着画,一画一天。晚饭之前,我哥很深沉地找我谈话:"你知道北京城有多少人在画画吗?你知道有多少画画的吃不上饭吗?我看你没这个才气,别画了。让花好好开吧。"我哥大我十岁,我鸡鸡还没发育的时候,他就带漂亮姑娘在楼下杨树和柳树之间溜达了。当时流行高仓健和杜丘,我哥也有鬓角,也有件黑风衣,话也不多。所以,他说的话,我基本都听。

我邻居坏小孩儿还有两箱子武侠小说,全套古龙,金庸,梁羽生,陈青云,诸葛青云,卧龙生。他基本不借给我。后来他把家里的菜刀磨快了当成断魂玉钩,模拟邪剑陆飘飘,行走大北窑一带的江湖,被四个警察抓了,头顶上敲出土豆大的血包,流放到山西煤矿。他妈死活说我长得像他,让我常去他家,他的两箱武侠书随便我看。足足三个月，我读了一百多本最恶俗的长篇武侠小说。

我自己开始写武侠，一天一夜，三十页稿纸，天地玄黄，宇宙洪荒。第二天早饭之前，我哥很深沉地找我谈话："你知道全中国有多少人在写作吗？你知道有多少写作的人吃不上饭吗？你即使有这个才气，也不见得有这个运势，别写了。"

后来我还是偷偷写了一部叫《欢喜》的长篇，十三万字，全是文艺腔，寄给一个叫《中学生文学》的杂志，那个杂志随即倒闭了。如果没留底稿，这件事儿就彻底没了痕迹。

后来我去了理科班，学了医，一学就学了八年。

再后来，三十六岁那年，我出了一套五本的文集，四本长篇小说，一本杂文。书业的IT精英狂马说，出文集很难的，很多老作家，为了出文集，每周都带着浴巾去作协大楼闹，先洗澡，再上吊。

3

"我六十岁……陈师曾从日本回来，带去的画，统都卖了出去，而且卖价特别丰厚……这样的善价，在国内是想也不敢想的……从此以后，我的卖画生涯，一天比一天兴盛起来。"

齐白石如果三十岁就红了，说不定就成范曾了。

我如果十八岁就红了，说不定就成郭敬明了。

我大致知道我小说的印数，站在西单图书的滚梯上，看着滚滚人群，我想，我不想努力让这些人都成为我的读者，他们辛苦，应该有更容易的消遣和慰藉。白居易的"老妪能懂"是一种理想，我这种也是一种理想。在后现代社会，我的理想更难得。

刮胡子和撒尿的时候，我想，一个冯唐这样劳碌、好奇、热爱妇女的人，如果一直在写，直到六十岁才红，写到九十岁才死，对于汉语一定是件好事儿。

我想，到了九十岁，我如果没钱花了，我就手抄我自己的诗集，一共抄十八本，每本卖一万块。

4

"我刻印，同写字一样。写字，下笔不重描。刻印，一刀下去，决不回刀……老实说，真正懂得石刻的，能有多少人？……世间事，贵痛快，何况篆刻是风雅事，岂是拖泥带水，做得好的呢？"

我写长篇的习惯是，每次写新章节之前，都从第一个字开始，重新飞快看一遍，觉得不舒服的地方，随手改掉。写新段落的时候，宽处跑坦克，密处不透光，洪水下来就下来吧，风安静下来，树叶看着月亮。等写完最后一个字，再最后重新看一遍。于是关上电脑，于是提刀而立，为之四顾，为之踌躇满志。之后除了错别字，不改一个字，哪怕登不了《收获》，哪怕卖不过余秋雨。

写一个主题是可以的，和所有的艺术家一样，伟大的作者都只能写一个主题，只是用不同的手法和心情去写。但是，改年少时候的文字是不可以的。一个人凭什么认为，他几十年积累的经验就一定打得过年少时候的锐气？那不是自信，那是愚昧。偶尔有些敬畏，相信天成，相信最好的艺术家在他们最好的状态里，不过是上天的一个工具，像天空的飞鸟，像湖水的游鱼。

谁能把牛肉炖成驴肉？谁能让牡丹开成玫瑰？

5

"余年来神倦，目力尤衰，作画刻印只可任意所之……像不画，工细不画，着色不画，非其人不画，促迫不画……水晶玉石牙骨不刻，字小不刻，石小字多不刻，印语俗不刻，不合用印之人不刻，石丑不刻……"

有次见我哥，他五个礼拜没剃头，两个礼拜没剃胡子，须发斑白。戴了个老花镜坐在沙发上看书，拒绝喝酒。我老妈问，你开始修佛？我哥说，两个目的。第一，给老妈看，我这么大了，不要老逼我为社会做巨大贡献了，什么去广西造水泥，去阿富汗

黎晓亮 摄影

开矿山，去埃及挥舞小旗子振兴华语旅游。第二，给冯唐看他不远的将来，不要老逼自己。书读不完，事儿做不完，心里那些肿胀，文字写不完。

仔细体会，自己体力的阈值的确比以前低了，心理的阈值的确比以前高了。麻将打不动通宵了，连着访谈七八个生人仿佛被七八个人轮奸一样疲惫，中国飞美国的时差倒起来痛苦地总想靠谁妈，痛恨地球为什么不真是平的。街上美女越来越少了，想起来口水喷涌而出的吃的没几样了，几个老兄弟坐在一起，没有什么带火花的事儿和词句可以交流，喝几杯酒，吃几个小菜，"相见亦无事，别后常忆君"。

饱暖之后，有效时间不够之后，人应该有点脾气。不写就是不写，什么都可以是理由：让我写得像巴金、老舍、茅盾、余秋雨一样真切细实不写，男女关系不写，性生活妇科肿瘤不写，情感问答不写，规定题目不写，千字少于两千元不写，不提前付款不写，昨天没睡好不写，痔疮犯了不写，米粥不稠不写，电脑太慢不写，男编辑没戴耳环不写，女编辑不长胡须不写，没头脑不写，不高兴不写。

6

"卖画不论交情，君子有耻，请照润格出钱。"

文无第一，武无第二。但是文人也是人，偶有竞争心，于是看印数，比稿酬，想自己的小说怎么还没被翻译成越南文。

但只是一念。"有人知道齐白石画的价格走势，但是谁知道齐白石活了一生挣了多少钱？死的时候账上有多少钱？死了之后，账上的钱都被谁花了？"这一念，闪过。

7

"世不变乱，读十年书，行数万里路，闭户作诗，或有可观者。"

写东西的同时，有个每周八十小时的全职工作，一半以上的饭在飞机上吃，闻到空姐用微波炉热餐食的味道，要使劲儿忍住不吐出来。

习惯之后，也体会到这种生活的好处。常能看到无限沸腾到仿佛虚拟的生活，很难归到正常人类的人类，没有时间和精力在细碎的事物中烦闷，见花对月，泪还没落心还没伤，人先睡着了。源头总有活水，要写的总比能挤出时间写的多，或许是种辛苦禅，修为不够之前，通过亲尝，理解世界。

最大的不满足是没时间读书。想写部中晚唐的长篇，五胡杂处，禅宗黑帮，盛极而衰。看西安法门寺的物件，读中晚唐的诗，我能想象到，敦煌仿佛现在的上海，西安仿佛现在的北京。唐文化中有很多非汉民族的元素,丰腴,简要,奢靡,细腻,肉欲,通灵。但是,我需要细节,需要有时间细读《旧唐书》《祖堂集》《五灯会元》。

有什么办法呢?时间就像海绵里的水,老膀胱中的尿,小胸膛上的奶,只要挤,还是有的。

8

"此地之娼颇多,绝无可观者。余于旁观,其侍客颇殷,不谈歌舞。有欲挟邪者,与语即诺。虽无甚味,有为者想必痛快。"

此地说的是香港,时间是1909年,这年,齐白石四十五岁。

看来,广东的草根、服务、爽利是有传承的。

香港那时候还是个小镇,依太平山而建,西边是兵营,东边是渔港。齐白石吃完小海鲜,喝完小酒,辞别淫友,走在窄仄的石板路上,咽一口口水,再咽一口口水,喉结起伏,心脏翕合,抬头有月亮,还是平常的模样。

9

"民国六年乙卯,因乡乱,吾避难窜于京华,卖画为活。吾妻不辞跋涉,万里团圆。三往三返,为吾求宝珠以执箕帚……宝珠共生三男三女,亦吾妻之德报也。……予少贫,为牧童及木工,一饱无时,而酷好文艺,为之八十余年,今将百岁矣。作画凡数千幅,治印亦千余。"

不论新旧社会,这样的老婆都少有。和禅宗一样,在中国越来越稀少,在日韩还有些残留。

元气真是奇怪的东西。元气足的人,如果是猎人,就是比别人多打很多只兔子;如果是木匠,就是比别人多做很多把椅子;如果是物理学家,就是比别人多想出很多个公式;无论什么职业,都比别人更热爱妇女,都比别人多生很多孩子。

齐白石五十七岁那年,左手第一次触摸十八岁的宝珠之后,右手画了怎样不同的虾?齐白石八十八岁那年,盯着看新凤霞,争辩说:"我这么大年纪了,为什么不能看她?她生得好看。"新凤霞说:"我的职业是演员,就是给别人看的,看吧,看吧。"齐白石九十三岁那年,看到一个二十二岁的演员,心中欢喜,盘算如何娶了回去。

人生残酷,至死犹闻鲜香。

10

"安得手有赢氏赶山鞭,将一家草木过此桥耶!"

年岁还远没到齐白石写这些字句的岁数，就已经开始怀恋从小长大的地方。

在从小长大的地方待，最大的好处是感觉时间停滞，街、市、楼、屋、树、人以及我自己，仿佛从来都是那个样子，从来都在那里，没有年轻过，也不会老去，不病，不生，不死，每天每日都是今天，每时每刻都是现在。小学校还是传出读书声，校门口附近的柳树还是被小屁孩儿们拽来扳去没有一棵活的，街边老头还是穿着跨栏背心下象棋，楼根儿背阴处还是聚着剃头摊儿，这一切没有丝毫改变。

从小长大的地方是最好的地方。在我心目里，北京是最好的城市，垂杨柳是北京最好的地方。从垂杨柳出发，我最想去的地方，几乎都在半小时骑车车程之内：可遛弯的护城河，有大树可蹭的天坛，可以洗胃去宿酒的协和医院，有酒有肉的东北三环，可以斗智斗勇的华威桥古玩城，有半街旧书的琉璃厂。

怕的是官府手上的赶山鞭。脑子进水，手脚躁动，什么地方开始有些历史，挥鞭子就灭。垂杨柳的北边已经盖上富力城，西边的和平一村二村三村都被平，据说给中央直属机关和总后，原来的马圈、鹿圈等地名已经消失。估计不等我老到齐白石缅怀家乡的岁数，垂杨柳也会彻底消失，被名敦道、又一城、优圣美地、欧陆玫瑰之类代替。

11

"夫画者,本寂寞之道,其人要心境清逸,不慕官禄,方可从事于画。见古今人之所长,摹而肖之,能不夸;师法有所短,舍之而不诽,然后再观天地之造化,来腕底之鬼神,对人方无羞愧。"

在正经全职工作中认识一个老哥哥,老到几乎应该算爷爷辈儿的。梁宗岱的关门弟子,法文、英文都极好,德文能读能说,改革开放之初在蛇口,重要的政策制度都是他起草制定的。

"当初蛇口什么都没有。晚上睡觉,有人敲门,基本都是从珠江偷渡的大圈仔。我们基本不开门,嚷嚷一句,还没到香港呢,接着往南游。"

"当初可惜了,当初没和李嘉诚谈妥,没把深圳港集中在蛇口,也没敢答应中央,没把整个南山半岛都划进蛇口。"

"当初碰到好些东西,过去的规章制度里没有,不知道如何办,也不知道向哪个部门请示,常常这么写文件:党中央,逗号,国务院,冒号,然后说事儿。"

文集出了,送了老哥哥一套。几天后接到电话,背景有些嘈杂,基本意思如下:

"我好久没看完一本中文文艺书了,美女图不算。其实,我近二十年能从头到尾看完的,除了《红楼梦》,就只有你这几本书了。很好，非常好，才华横溢，我一边看一边骂，这个小浑蛋，这个小浑蛋。"

"你不该长期做咨询。那种事儿我都能做。你常常写到你老妈，她并非寻常人。把你生成这样，你一定要多写。不多写，对不起你爸妈生你成这个样子。"

"社会成就，官禄名利，都虚得很，祖坟上飞来一只鸟，拉一坨屎，屎里有颗种子，祖坟上就长出草，他就发达了，其实，屁也不是。温饱就好，你不需要成就，文章憎命达，你需要不成就。"

"诗呢，需要疯狂，非人力可控。小说，你写得好，但是你太顺了，没有磨难，没有上刀山下火海，小说厚不起来，成不了红楼梦。散文，你写得好，而且，散文写得更好，不需要磨难。我看你运势，从一辈子来看，散文上的突破比小说可能性大。"

文章窄门。曾经有写东西的，一不留神和窄门里的《红楼梦》比，再也写不出像样的东西了。曾经有写东西的，一没把持住，世俗风光发达，窄门变得更窄了。

钱害人。哪天放着成堆的钱不挣了，退休，做回妇科医生。天气差的时候写写中文，天气好的时候杀杀人。

和《红楼梦》比不吉利，我和《金瓶梅》和《史记》比吧。磨难啊，官刑啊，什么时候到来啊？

12

"画中要常有古人之微妙在胸中，不要古人之皮毛在笔端。欲使来者只能摹其皮毛，不能知其微妙也。立足如此，纵无能空前，亦足绝后。学古人，要学到恨古人不见我，不要恨时人不知我耳。"

文章和画和红烧肉和小姑娘一样，虽然不是跑百米，没有非常绝对的标准，但是的确有非常实在的标准。

一根金线不绝如缕，古今并无太多不同，不因汉赋、唐诗、宋词、元曲等形式而改变。在明眼人看来，整出来的东西对不对，有没有，到不到这根线，判若云泥。金线之上，可以荒荒油云、寥寥长风，也可以流水今日、明月前身，各花开各色，各花入各眼。

都是"四人帮"害的。这根作为文脉的金线被遮挡被扭曲，绝大多数人的东西离这根金线太远，所以绝大多数人极力否认这根金线的存在。

长远看，金线之下，光搞形式和流派和特征没有任何意义。千百年后，评价今天文字的标准是司马迁、杜甫、张岱，不是今天的余秋雨、郭敬明、卫慧。

13

"余尝见儿辈养虫,小者为蟋蟀,各有赋性。有善斗者,而无人使,终不见其能。有未斗之先,张牙鼓翅,交口不敢再来者;有一味只能鸣者;有或缘其雌一怒而斗者;有斗后触髭须即舍命而跳逃者。大者乃蟋蟀之类,非蟋蟀种族,既不善鸣,又不能斗,头面可憎。有生于庖厨之下者,终身饱食,不出庖厨之斗。此大略也。若尽述,非丈二之纸不能毕。"

写文字的,眼睛得毒。脑子里底片的像素要比其他人高,尺幅要比其他人阔。随便看一眼,心里的血窟窿比常人大很多。多少年过去之后,血窟窿还得滴答有血,从脑子的硬盘里随调随有。可以不天天写,但是不能有任何时候停止感动和好奇,心里肿胀,要表达的永远要比能表达的多。

在医学院,先学大体解剖,再学神经解剖。过了才半年,上第一堂内科学的时候,系主任讲导论,问:你们还记得颅底都有哪些大孔,供哪些大神经大血管通过吗?我们都忘了。系主任讲,我也都忘了。

现在再想,整个医学八年,还记得什么。除了认得二月兰和紫花地丁、体温三十八度以下不要吃退烧药、阴道出血要排除癌症等傻子都知道的常识,没记得什么。但是,我记得卵巢癌晚期的病人如何像一堆没柴的柴火一样慢慢熄灭，如何在柴火熄灭几个星期之后，身影还在病房慢慢游荡，还站到秤上，自己称自己的体重。

从这个意义上讲，学医的八年是我练习素描的八年。

14

"作画最难无画家习气，即工匠气也。前清最工山水画者，余未倾服，余所喜独朱雪个、大涤子、金冬心、李复堂、孟丽堂而已。"

文章是自己的好。让写文章的人佩服别人，难，哪怕自己写得再烂。

所以，别问写东西的人，佩服谁。最多，问喜欢谁。最多，加个限制词，中文作家里喜欢谁，省得听到一堆英文、法文、德文、西班牙文人名的中文硬译。最多，再加个限制词，除了你自己，中文作家喜欢谁，省得这个写东西的人在这点上不知所措，狂顾左右。

所以，问我，我喜欢司马迁。司马迁牛×，才情、见识、学养、文字都好，机缘也好，被切之后，心灵上受摧残，生活上衣食不愁，国家图书馆对他完全免费开放。

我喜欢刘义庆和他的门客，简单爽利地比较人物、描述细节、

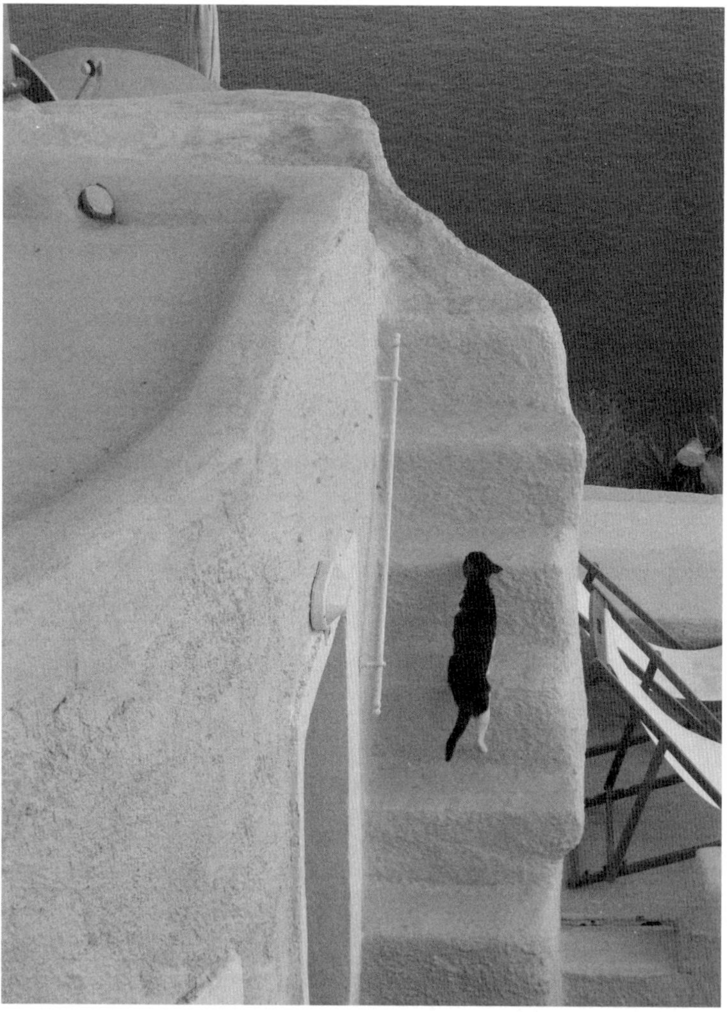

指示灵异，汉语的效率被他们发挥到接近极致。

我喜欢李白，他酒大药浓吴姬肉软的时候，文字和昆虫一样，拍打翅膀飞向月亮。

我喜欢沩山和仰山，为了说不得的教旨，借鉴各种外来语语法，变换各种姿势蹂躏汉语，探索汉语的极限可能，推动古汉语到近代汉语的转变。

15

"凡作画，欲不似前人，难事也。余画山水恐似雪个，画花鸟恐似丽堂，画石恐似少白。若似少白，必亚张叔平。"

汉语基本词汇三千个，没被反复蹂躏的没有一个，摸到金线容易，金线之上，难得不同。

有些傻×问题，很容易问，实在难回答。

比如：你的新小说写的是什么事儿啊？

比如：你心目中最美丽的女性是什么样子啊？

比如：你和王朔和王小波和阿城有什么区别啊？

学习刚烈的禅风，一声断喝。

淫荡书卷。

我比王朔帅。

我比阿城骚。

我比王小波中文好。

16

"余之刻印,始于二十岁以前。最初自刻名字印,友人黎松庵借以丁黄印谱原拓本,得其门径。后数年,得二金蝶堂印谱,方知老实为正,疏密自然,乃一变。再后喜《天发神谶碑》,刀法一变。再后喜《三公山碑》,篆法一变。最后喜秦汉,纵横平直,一任自然,又一大变。"

叹息。人定输天。

有一天走在香港上环的街头,吃了点心,吹了凉风,一点酒没喝,忽然觉得死是件很愉快的事儿,仿佛吃饱了,不如归去,去睡一觉儿。脑子里有诗浮现:

忍

皇后大道西

菜铺昌记

你有懒汉衫

你抽鬼佬烟

你挑拣着蔬菜洗她们的身体

叶子燃烧所以一切是假的

你怎么还在呢

"不用扎眼儿了

我身上的洞够你用了"

"大道无门

我怎么就进你这儿了？"

我是浑蛋我是懦夫

我替老天管好自己

不去祸害人间不去祸害你

争取活得长一些。等着这瓶红酒变复杂。等着这壶铁观音淡成佛。等着看老天这个傻×，根据四季和雨水，几十年，能在我这摊牛粪里种出什么样的花朵，能变出什么样的花样。

17

"此画山水法前不见古人。虽大涤子似我，未必有如此奇拙，如有来者，当不笑余言为妄也，白石老人并记。""余作画数十年，未称己意，从此决定大变。不欲人知，即饿死京华，公等勿怜，乃余或可自问快心时也。""从严画山水者惟大涤子能变，吾亦变，时人不加称许，正与大涤同。独悲鸿心折。此册乃悲鸿为办印，故山水特多。安得悲鸿化身万亿，吾之山水画传矣，普天下人不独只知石涛也。""大涤子尝云：此道有彼时不合众意，而后世鉴赏不已者；有现时轰雷震时，而后世绝不闻问者。人奈我何？"

过去，要洗完手才敢读唐诗。现在，厕所里，唐诗三百首，不会淫诗也会淫。

过去，读唐弢、朱自清、西谛书话，觉得五四一代牛×大了，国学西学都好，又交之国难，想不成大师都难。现在，看完所有能看的，除了陈寅恪提出"独立之精神，自由之思想"真啃节儿，除了林徽因模样儿真好，除了周作人中文真好，这一拨，对汉语的整体贡献不如格非、马建、苏童、马原（年轻时候）、余华（小时候）、朱文、毕飞宇。

《北京三部曲》里，有过去汉语从来没有过的东西，读不出来，不是我的问题，是你的问题。

18

"印文：吴懋。批语：置之伪汉印中，人必曰：今人真不能也。余曰：真汉人未必过此……印文：曾经栾城聂氏收藏。批语：三百年哪有此物在尘世？称之者可对之下拜，妒之者必隔座骂人……印文：泊庐。批语：此印，吾与孔才弟外，天下人有梦见者，吾当以画百幅为赠。请订交于晚年，何如？……印文：雨洲。批语：神物也！

虽有学力不能为此印,腕下有鬼神,信然。"

这种极品臭牛×,和余大师无关,他没这个才情。

反正闲着也是闲着,反正不上税,我来模仿一下极品牛×。

"好好看看这十万字,不仅活着的人写不出,过去千年里的古人也未必写得出。"

"好好看看这十万字,上数三百年,下数三百年,哪有这样的活物?跪安吧,别起来了。"

"好好看看这十万字,除了我和皇叔刘备,天下其他人能梦到,我抽他一百个巴掌左脸,我抽她一百个巴掌右脸,他撒谎,她撒谎。"

"好好看看这十万字,你把国家图书馆都读完,也读不到,也写不出。"

19

"题梅花图:如此穿枝出干,金冬心不能为也。齐濒生再看题记,后之来者自知余言不妄耳。"

同上。

20

"刻印,其篆法别有天趣胜人者,惟有秦汉人。秦汉人有过人处,全在不蠢。胆敢独造,故能超出千古。余刻印不拘前人绳墨,而人以为无所本。余常哀时人之蠢,不知秦汉人人子也,吾侪亦人子也,不思吾侪有独到处。如令昔人见之,亦必钦佩。"

就算司马迁是两米五的横杆,我也要跳跳,摔死算。

21

"题网干酒罢:网干酒罢,洗脚上床,休管他门外有斜阳。"

干完活,喝完酒,捏完脚,睡了,睡了。

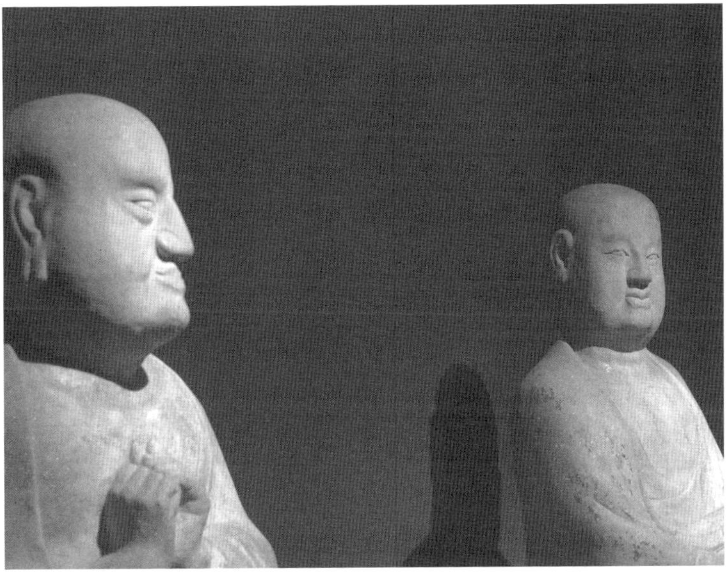

王小波到底有多么伟大

最早读王小波,是七年前的事情了。书名《黄金时代》,华夏出版社出版,恶俗的封面,满纸屎黄。那时候的出版社编辑好像就这点想象力,书名叫《黄金时代》就得满封面鸟屎黄,书名叫《倩女幽魂》就得满封面鸡屎绿。一个叫王小波的汉子印在扉页上,就是那张日后满大街满书店都见得到的照片:太阳当头照,他站在莎士比亚故居门口,皱着眉,咧着嘴,叉着腰,穿着一件屎黄的 T 恤衫。简介上说这个王小波是个文坛外的文章高手,说还得了一个台湾的什么大奖。一个文学口味不俗的师姐把小说扔给我,说:"值得一看,挺逗,坏起来和你挺像。"这个师姐曾经介绍我认识了库尔特·冯尼格和菲利浦·罗斯,余华刚出道的时候,就被她认定是个好小伙子。我当时正在上厕所,大便干燥,老妈说因为我让她难产所以老天就让我大便干燥。我就在这种不愉快的干燥中一口气读完了《黄金时代》。当时,我有发现的快乐,仿佛阿基米德在澡堂子里发现了浮力定律,我差一点提了裤子狂奔到街上。

小波的好处显而易见。

第一，有趣味。这一点非常基本的阅读要求，长久以来对于我们是一种奢侈。好的文字，要挑战我们的大脑，触动我们的情感，颠覆我们的道德观。从我们小时候开始，写小说写散文写诗歌的叔叔大婶们患有永久性欣快症。他们眼里，黑夜不存在，天总是蓝蓝的，太阳公公慈祥地笑着。姑娘总是壮壮的，若不是国民党特务的直系后代，新婚之夜一定会发现她还是黄花闺女。科普书多走《十万个为什么》《动脑筋爷爷》一路，只会告诉你圆周率小数点之后两百位是什么，不会告诉你偷看到隔壁女孩洗澡为什么会心跳加快，手心出汗。王小波宣布，月亮也有暗面，破鞋妩媚得要命。读小波的文字，又一次证明了我的论点：女人没有鼻子也不能没有淫荡，男人没有阳具也不能没有脑子。男人的智慧一闪，仿佛钻石着光，春花带露，灿烂无比，蛊惑人心。

第二，说真话。这一点非常基本的做人作文要求，长久以来对于我们是一种奢侈。明白事理之后，我很快就意识到，如果我们将真实的生活写出来，只能被定性为下流文字，谢天谢地我们还有手抄本、地下刊物和互联网等大众传播形式。如果我们把真实的生活拍成电影，只能让倒霉的制片人将血本赔掉，好在我们还有电影节和世界各地的小众电影市场及艺术院线。中国前辈文章大师为子孙设计职业生涯，无一例外地强调，不要在文字上

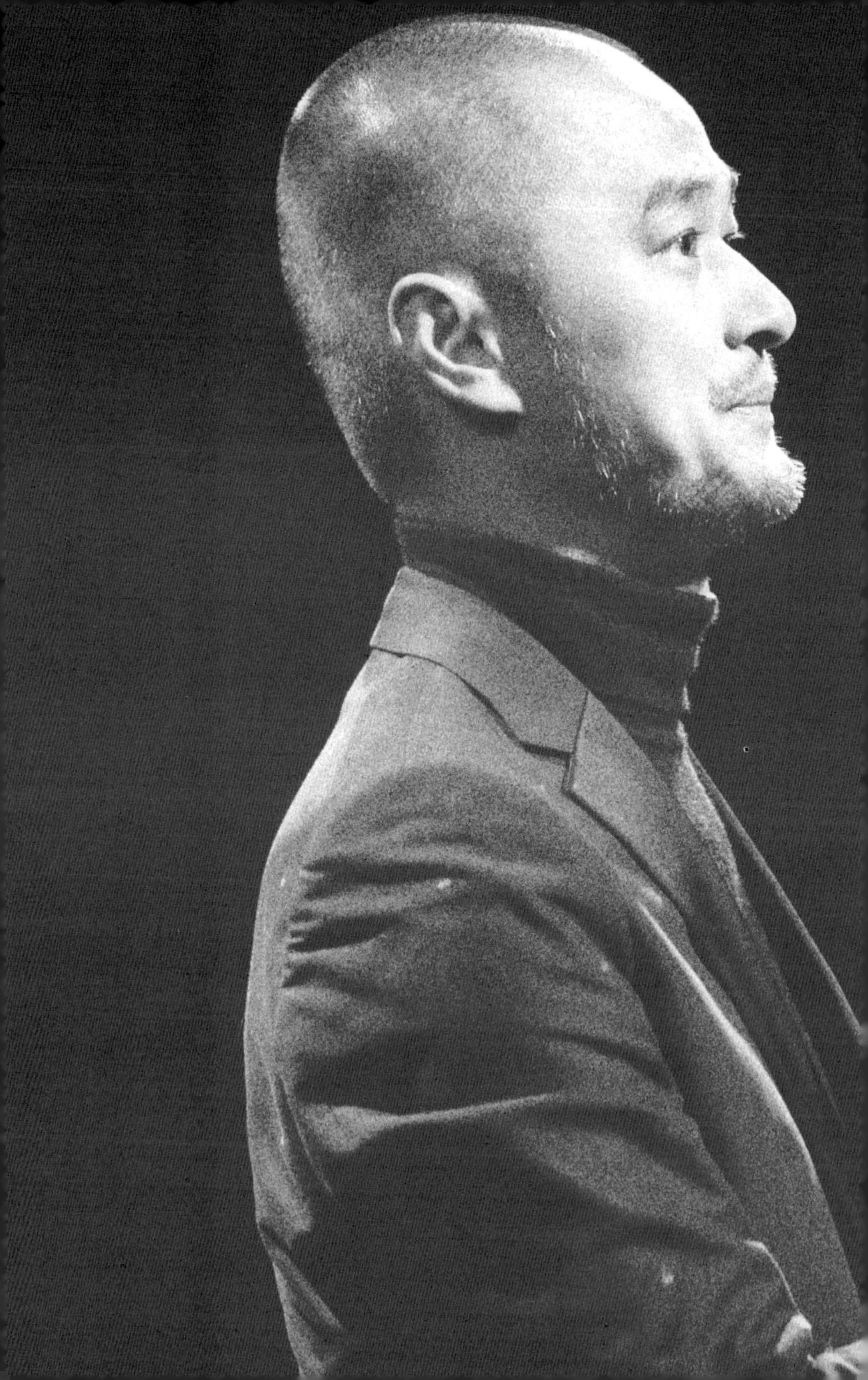

朱朝晖 摄影

讨生涯，学些经世济民的理科学问。我言听计从，拼命抵制诱惑，不听从心灵召唤，不吃文字饭，所以才能口无遮拦，编辑要一千五百字，我淋漓而下两千字，写完扔给编辑去删节，自己提笔而立，为之四顾、为之踌躇满志。小波老兄，你为什么不听呢？否则何至于英年早逝，鼠辈们也少了让他们心烦的真话听？

第三，纯粹个人主义的边缘态度。这一点非常基本的成就文章大师的要求，长久以来已经绝少看到。文章需要寂寞，文章自古憎命达。生活在低处，生活在边缘，才能对现世若即若离，不助不忘，保持神志清醒。当宣传部长，给高力士写传，成不了文学大师。被贬边陲，给街头三陪写传，离文学大师近了一步。塞林格躲进深山，性欲难耐时才重现纽约街头，报摊买本三级杂志，给杂志封面上著名的美人打电话："我是写《麦田守望者》的塞林格，我想要和你睡觉。"小波也算是海归派鼻祖，20世纪80年代就回国了，他不搞互联网公司圈钱，不进外企当洋买办，他只在北京街头浑身脏兮兮地晃悠。他写得最好的一篇杂文是《我为什么写作》，在那篇文章里，他从热力学定律的角度，阐述了做人的道理：有所不为，有所必为。

2002年4月11日，是王小波逝世五年祭。小波生前寂寞潦倒，死后嘈杂热闹。这些年，这些天，报纸杂志互联网拼命吹捧，小波的照片像影视名人商贾政要似的上了《三联周刊》的封面，一帮人还成立了"王小波门下走狗联盟"。我这个本来喜欢小波的人，开始产生疑问:小波到底有多么伟大?

小波的不足显而易见。

第一,文字寒碜。即使被人打闷棍,这一点我也必须指明,否则标准混淆了,后代文艺爱好者无所适从。小波的文字,读上去,往好了说,像维多利亚时期的私小说,往老实说,像小学生作文或是手抄本。文字这件事,仿佛京戏或杂技或女性长乳房,需要幼功,少年时缺少熏陶和发展,长大再用功也没多大用。那些狂夸王小波文字好的,不知是无知还是别有用心。小波是个说真话的人,我们应该说真话,比如我们可以夸《北京故事》真情泣鬼神,但是不能夸它文字好。我们伟大的汉语完全可以更质感,更丰腴,更灵动。

第二,结构臃肿。即使是小波最好的小说《黄金时代》,结构也是异常臃肿。到了后来,无谓的重复已经显现作者精神错乱的先兆。就像小波自己说的,他早早就开始写小说,但是经常是写得断断续续,反反复复。小波式的重复好像街道协管治安的大妈、酷喜议论邻居房事的大嫂,和《诗经》的比兴手法没有任何联系。要不是小波意象奇特有趣,文章又不长,实在无法卒读。几十年后,如果我拿出小波的书给我的后代看,说这是我们时代的伟大杰作,我会感觉惭愧。

第三,流于趣味。小波成于趣味,也止于趣味。他在《红拂夜奔》的前言里说:"我认为有趣像一个历史阶段,正在被超越。"

这是小波的一厢情愿。除了趣味，小波没剩太多。除了《黄金时代》和《绿毛水怪》偶尔真情流露，没有见到大师应有的悲天悯人。至于思想，小波和他崇拜的人物，罗素、福柯、卡尔维诺等，还有水平上的差距，缺少分量。小波只有三四本书遗世，而且多为中篇。虽然数量不等于伟大，但是数量反映力量。发现小波之后，我很快就不看了。三万字的中篇，只够搞定一个陈清扬，我还是喜欢看有七个老婆的韦小宝。

总之，小波的出现是个奇迹，他在文学史上完全可以备一品，但是还谈不上伟大。这一点，不应该因为小波的早逝而改变。我们不能形成一种恶俗的定式，如果想要嘈杂热闹，女作家一定要靠裸露下半身，男作家一定要一死了之。我们已经红了卫慧红了九丹，我们已经死了小波死了海子，这四件事，没一件是好事。

现代汉语文学才刚刚有了真正意义上的开始，小波就是这个好得不得了的开始。

有闲

李渔,又快过春节了,给你写封信。

我有了互联网之后,上网找的第一本小说就是你的《肉蒲团》。在读《肉蒲团》之前,我已经看过多部纯器官重口味黄书,或工或草,抄在或大或小但是印着"工作日记"四个红字的本子里。初读《肉蒲团》觉着非常新鲜,不是因为色情描写,而是因为喜欢你写这本书的态度:压着压着,笔压不住了,满纸洇出斗大的芍药花。还有,就是发现你喜欢的体位和我当时喜欢的体位类似。再有,就是喜欢你写这本书的长度,不到八万个汉字,二十回,意尽而止,洗手喝酒。中文本来就缺少长篇小说的传统,在我的阅读范围内,包括《金瓶梅》《红楼梦》《三国演义》在内,除了你这本《肉蒲团》以外,其他中文长篇无一不冗长拖沓。除了你之外的所有作者都狠呆呆地认定,能否不朽就全靠这一本书了,一身学问、脑汁儿、胆汁儿、泪珠儿、汗珠儿、鼻涕,对着这一本书,往死里吐,往死里填,往死里整,完全不顾姿势。

十年之后，再读你的《肉蒲团》，我的见识提高了，你的光环不在了。你也是唠唠叨叨，而且认识水平低下，离佛千万里。全书总共二十章，论证自己是佛教启蒙读物而不是黄书就用了前三章，宣扬使用女人伤身体又用了三章，赞叹因果报应又用了三章。为了中文不朽，去年春节之前，我写完了《不二》。《肉蒲团》负责满足人民淫邪生理，《不二》负责安慰少数人民因为淫邪生理的各种不顺而产生的心理抑郁和中年危机。四百年后，人民会说起，"金、肉、不二"。尽管作为一个人民艺术家，你招招下三路，四百年后，看《不二》的人会比看《肉蒲团》的人多。四百年后，满足淫邪生理的手段多得不得了，能抚慰心理抑郁和中年危机的手段依然很少。

文章千古事，得失寸心知，即使得道，"法尚应舍"，文字打败时间终究也是妄念。快过节了，给你写信，不向你讨教文章，向你讨教清闲。

作为一个人民艺术家，你自编自导自演了很多迎合尔时世俗的戏剧，如今，在人民心中，这些戏剧基本都消失了，现在的人民记不得任何一句。作为一个对于品质有真正理解和毫不妥协的人，你写了一部《闲情偶记》，编了一部《芥子园画谱》，如今，还有人看。你在《闲情偶记》中谈居室、器玩、饮馔、种植、颐养，你的文字不如张岱、余怀，但是实战经验和实操能力远胜，后世做会馆的，创造享受清闲氛围的，都该向你学学。

我常年在路上奔波，偶尔也去过一些有名的会馆，没一处完全满意。有时候也能吃口爽口的，有时候也能看眼悦目的，根据这些碎片儿，提出几点要求，如果都能做到，或许能是个好会馆。

第一，要能舒服坐着。不要全部明式椅子。明式椅子是干活用的，是给眼睛享受的，不是给屁股消沉的，正襟读圣贤书可以，危坐求禅定可以，歪着舒服不行。"无事此静坐，一日似两日"，生动地描述了明式硬木椅子坐着难受、度日如年的感觉。最好是"文革"苏式老皮沙发，宽大、平稳，皮子已经被很多人的屁股在漫长的岁月中磨得发毛，坐上去痔疮被充分安抚。

第二，要有书翻。一些会馆买成套的垃圾书摆在书架上，这些书的书名通常包括：世界、中华、全集、总集、名著、名人、哲学、历史、文学、一生中等字样。还有一些会馆摆在书架的干脆就是假书，纸板做的，纸板上一个书名。其实，在很短的时间内，花费不多，也能显得有读书历史。去伯克利大学附近的二手书店，去琉璃厂和东四的中国书店，别管书名，买几千本旧书，五颜六色，大小不一，胡乱摆在书架上就好了。

第三，要有古董。不用追求国宝，但是要追求真，有古代工匠的精气神儿。不用摆满仿造的半米高红山C龙和良渚玉琮，摆个简单的西汉素面玉璧就好，哪怕残器都好。

第四，要有现代艺术品。不要满墙假启功、假范曾、假陈逸飞、假艾轩，也不要满墙光头、笑脸、面具、绿狗。装置也好，绘画也好，摄影也好，作者最好还没怎么出名，但是确实眼毒手刁，尚无匠气，做出的东西摄人心魂。

第五，要有壁炉，哪怕是烧燃气的电控假壁炉，哪怕壁炉前面没有趴着一条老狗。

第六，要有酒喝。要有物超所值的红酒喝，一百块喝到"水果炸弹"，三百块喝到"动物荷尔蒙"，八百块喝到"内裤味道"，而不总是上万块的拉菲、拉图、木桐、玛歌。如果空间够，专才可得，最好也有茶、有咖啡。

第七，要能抽烟。会馆不是机舱，喜欢抽烟的人花了钱，有权在不影响他人的前提下享受自己的感官。抽烟的地方最好露天或者接地，露台或者天井，不是封闭的、仿佛厕所的地方。

第八，要有花草。不必名贵，长得茂盛、红红绿绿就好。

第九，要有机会听到不同的冷僻的声音。偶尔，看机缘，可以在会馆遇见没有大师称号的异人讲他的世界观和人生观，冲击我的小宇宙。

第十，要能吟唱。小范围现场的吟唱有原始的杀伤力。我听过一个状若南海鳄神的男人吟唱一首状若寻常巷陌的诗，我听得血汗停止流动，坐地飞升。我想，李白当初酒高了，不上天子船，酒馆里小范围现场吟唱《将进酒》，听众啥感觉？

第十一，要有无线高速宽带。最好搜索能自由使用，网站能尽情访问。

第十二,要能祈祷。

第十三,要能捏脚。

即使有了这样的会馆,一年能去几天?一生能去几年?人已经渐渐习惯了常年在路上,生命中基本铁人三项:坐飞机、开会、喝应酬酒,身如陀螺。但是如果有了这样的会馆,心不容易烦,静如处子,安逸温暖。

茶与酒

茶是一种生活。

在含阴笼雾的日子里,有一间干净的小屋,小屋里有扇稍大些的窗子,窗子里有不大聒噪的风景,便可以谈茶。

茶要得不多:壁龛里按季节插的花只是一朵,不是一束。只是含苞未吐的一朵,不是瓣舞香烈的一束。只是纯白的一朵,不是色闹彩喧的一束。茶要得不浓:备茶的女人素面青衣,长长的头发用同样青色的布带低低地系了,宽宽地覆了一肩,眉宇间的浅笑淡怨如阴天如雾气如茶盏里盘旋而上的清烟如吹入窗来的带地气的风如门外欲侵阶入室的苍苔。茶要得不乱:听一个老茶工讲,最好的茶叶要在含阴笼雾的天气里,由未解人事的女孩子光了脚上茶山去采。采的时候不用手,要用口。不能用牙,要用唇去含下茶树上刚吐出的嫩芽。茶要得不烦:茶本含碱,本可以清污去垢,而在这样的小屋里饮这样一杯茶,人会明白什么叫清乐忘忧,会明白有种溶剂可以溶解心情,可以消化生活。

只要茶的神在，也不一定要这么多形式。比如心里有件大些的事，一通电话，便会有三两个平日里也不甚走动的朋友把小屋填满，一杯茶后，我们便是饱食终日、无所用心，所以来谈谈棋的神仙，屋顶上的天空或是屋门外的世间便是我们着子的棋盘。待茶渐无味，天渐泛白，心里的事情便已被分析得透彻，一个近乎完美的计划便已成型。走出屋子，这盘棋一定会下得很精彩。

　　再比如，心里实在不自在，七个号码接通那个女孩："心里烦，来喝杯茶，聊聊好吗？"如果人是长在时间里的树，如果认识的朋友经过的事是树上的叶子，她和我之间有过的点点滴滴的小事，说过的云飞雪落不经意却记得的话便是茶。这个时候，你我之间不属于尴尬的沉默便是泡茶的水了。话不会很多，声调也不会很高，我可以慢慢地谈我所体会到的一切精致包括对她的相思，而不会被她笑成虚伪。

　　这茶也可以一个人喝。"寒夜兀坐，幽人首务"，自古以来，一个人喝茶是做个好学生的基本功。一杯泛青的茶，一卷发黄的史书，便可以品出志士的介然守节，奸宄的骄恣奢僭，便可以体会秦风汉骨，魏晋风流。不用如孔丘临川，看着茶杯中水波不兴，你也可以感知时光流转，也可以慨叹："逝者如斯夫！"

　　酒是另一种生活。阳光亮丽，天气好得让人想唱想跳想和小姑娘打情骂俏想跟老大妈们打架骂街。小酒馆不用很堂皇，甚至不用很干净，但是老板娘一定要漂亮一定要解风情，至少在饱暖

如果不彼此喝酒为什么要做成人

之后能让你想起些什么。"垆边人似月，皓腕凝霜雪"，发髻要绾得一丝不乱梳得油光水滑，衣服要穿得不松不紧，至少在合适的角度可以看见些山水。菜的量很足，酒的劲很大，窗外的人很吵，偶尔闪过的花裙倩影可以为之尽一大杯。人很多，店很乱，如果喝多了吐出些什么没人会厌恶，如果用指甲清清牙缝或是很响地打打饱嗝没人会在意。

这样的时候，最好有朋友，可以一起大块吃肉大碗喝酒，憧憬着将来可以一起大块分金分骗来的小姑娘。高渐离是酒保，樊哙是屠夫，刘邦是小官吏，刘备是小业主，朱元璋是野庙里的花和尚，努尔哈赤是林子里的残匪头目。杯中无日月，壶中有乾坤，我们可以煮酒论英雄，说"儿须成名酒须醉"。看着窗外的俗汉，想起自己的老板，想起小报里的名流，"唉，时无英雄，方使竖子成名！"看着窗外的丑妇，说起办公室满脸旧社会的女孩，说起黄色边缘上的杂志封面，"唉，时无美人，方使竖子得宠！"

这样的时候，也可以和自己的老婆喝。有些女人是天生的政治家，有些女人是天生的酒鬼，只是这两种才能很少有机会在这个男人统治的世界里表现。酒能让女人更美，能让她颊上的桃红更艳。酒能让女人更动人，能让她忘记假装害羞，可以听你讲能让和尚对着观音念不了经的黄故事，而不觉得你如何下流。这样的时候，也不妨一个人干三大杯，唱"对酒当歌，人生几何"，拣几个自己赔得起的杯子摔摔。

茶是一种生活，酒是一种生活。都是生活，即使相差再远，也有相通的地方。酒是火做的水，茶是土做的水。觥筹之后，人散夜阑灯尽羹残，土克火，酒病酒伤可以用杯清茶来治。茶喝多了，君子之间淡如水，可以在酒里体会一下小人之间的温暖以及市井里不精致却扎实亲切的活法。酒要喝陈，只能和你喝一两回的男人是不能以性命相托的酒肉朋友。只能和你睡一两回的女人是婊子。茶要喝新，人不该太清醒，过去的事情就让它过去，不必反复咀嚼。酒高了，可以有难得的放纵，可以上天摘星，下海揽月。茶深了，可以有泪在脸上静静地流，可以享受一种情感叫孤独。

不是冤家不聚头，说不尽的茶与酒。在这似茶般有味无味的日月中，只愿你我间或有酒得进。

文章千古事，70 尚不知

这是一个浮躁的时代。普遍而言，浮躁时代中最浮躁的是媒体和评论。电视和电脑，两只老虎一样吞噬闲散时间，做评论的全然不占有资料，闭着眼睛一拍脑袋，就开始像北京出租车的哥一样，指点江山，说谁谁谁是朵莲花，谁谁谁是摊狗屎。

真正的文学用来存储不能数字化的人类经验，是用来对抗时间的千古事，总体属阴，大道窄门，需要沉着冷静，甚至一点点没落。文章再红，写字的人上街不需要戴黑墨镜；书再好卖，写字的人进不了《财富》杂志的富人榜。浮躁的媒体和评论中，最没想象力的就是文学媒体和文学评论。雌性写字的，眼睛和鼻子基本分得开，就是美女作家；胸比 B 罩杯大些，就是胸口写作。雄性写字的，裤带不紧风纪扣不系，就是下半身写作；有房有车有口踏实饭吃，就是富人写作。进一步演化到近两三年，这些名词都懒得想了，1960 年至 1964 年生的，就是 60 后；1976 年至 1979 年生的，就是 70 后；1980 年至 1989 年生的，就是 80 后。

文学其实和年纪没有太多关系。

科学讲实证，宗教讲信不信。科学和宗教之间是哲学，在脑子里在逻辑里讨论时间和空间。科学、宗教、哲学的侧面是文学，在角落里记录人类经验，在记录的过程中抚摸时间和空间。在这个意义上，作家是巫师，身心像底片一样摊在时间和空间里，等待对人类经验的感光。在这个意义上，文学和年纪没有太多关系。有写字的，二十岁前就写完了一生中最伟大的作品，之后再如何喝大酒睡文学女青年，身心也变不出另一卷底片，于是用漫长的后半生混吃等死。也有写字的，度过了漫长的吃喝嫖赌抽的青春期，四十岁之后，发稀肚鼓，妻肥子壮，忽然感到人生虚无，岁月流逝，心中的感动如果不挤出来变成文字，留在身体里一定会很快从正常组织变成肿瘤，再由肿瘤变成癌。按十年一代这么分作家，还不如按其伟大作品的数量分，同样简单，但是更加深刻。比如分为一本书作家、两本书作家和多本书作家（也就是大师）三类。一个作家一定有一个最令他困扰、最令他兴奋的东西，和年纪无关，他第一二次写作，所挖掘的一定是这个点。这个点，在王朔是世俗智慧，在余华是变态男童，在劳伦斯是恋母情结。所以一个作家的第一二本书，可能不代表他最成熟的技巧，但是基本代表了他百分之五十的文学成就，王朔飞不过《动物凶猛》，余华飞不过《在细雨中呼喊》。在从一本书两本书作家向大师过渡的过程中，王朔用《我是你爸爸》窥见了一下所谓不朽的"窄门"，然后就办影视公司去了。余华在十年努力无法通关之后,转过身,以《兄弟》头也不回地向速朽的"宽门"狂奔。D.H. 劳伦斯肺痨缠身不久于人世的时候说,他自己的一生是个异常残酷的朝圣之旅,我想起《虹》,想起《恋爱中的妇人》,黯然神伤,鼻泪管通畅,泪腺开始分泌。

如果硬扯文学和年纪的关系,文学是"老流氓"的事业。不可否认天才少年的存在,偶尔嗑药间或高潮,被上帝摸了一把,写出半打好诗半本好小说。但是更普遍的情况是,尽管作家的气质一直在,理解时间,培养见识,还是需要一个相对漫长的过程。接触第一个美女,被先奸后杀始乱终弃,是你倒霉,总结不出什么。接触第二个美女,又被先奸后杀始乱终弃,还是你倒霉,这两个美女是亲戚。接触第三个美女,第三次被先奸后杀始乱终弃,样本量有了一定统计意义,你可以归纳说,美女都是貌如天仙心如毒蝎。时候不到,胡子还没长出来,自然不需要刮,自然不知道刮完后的那种肿胀,也无从比较那种肿胀和早晨醒来下体的肿胀有什么异同。还没到四十多岁,胡子还没有一夜之间变得花白,秋风不起,自然很难体会岁月流逝。文章憎命达,等待劫数,等待倒霉,婚外恋,宫外孕,老婆被泡,孩子被拐,自杀未遂等,安排这些国破家亡生离死别,需要上帝腾出工夫,也需要一个作家耐心等待。文字有传承,汉语有文脉,先秦散文汉赋唐诗正史野史,最基本的阅读,最基本的感动,也需要相当长的时间。

朱朝晖 摄影

文章千古事，得失寸心知。不提 80 后，即使是 70 后，还嫩，还有漫长的路要走。

不论先秦和南北朝了，往近世说，和以"二周一钱"（周作人，周树人，钱锺书）为代表的五四一代相比，70 后没有幼功、师承和苦难。我们的手心没有挨过私塾老师的板子，没有被日本鬼子逼成汉奸或是逼近上海孤岛或是川西僻壤，没背过《十三经》，看《浮生六记》觉得傻×，读不通"二十四史"，写不出如约翰·罗斯金、史蒂文森或是毛姆之类带文体家味道的英文，写不出如《枕草子》之类带枯山水味道的日文，更不用说化用文言创造白话，更不用说制定简体字和拼音。往现世说，和以"二王一城"（王小波，王朔，钟阿城）为代表的"文革"一代相比，我们没有理想、凶狠和苦难：我们规规矩矩地背着书包从学校到家门口，在大街上吃一串羊肉串和糖葫芦。从街面上，没学到其他什么。我们没修理过地球，没修理过自行车，没见过真正的女流氓，不大的打群架的冲动，也被一次次严打吓没了。

70 后基本没有被耽误过。我们成群结队地进入北大清华而不是在街头锻炼成流氓，我们依靠学习改变命运，我们学英文学电脑学管理，我们考 TOEFL 考 GRE 考 GMAT 考 CPA 考 CFA，我们去美国去欧洲去新西兰去新加坡去中国香港，我们会两种以上的领带打法，我们穿西装一定不穿白袜子，我们左擎叉右擎刀明白复式记账投资回报和市场营销，我们惦记美国绿卡移民加拿大，我们买大切诺基买水景大房一定要过上社会主义美好生活，我们做完了一天的功课于是尽情淫荡，我们在横流的物欲中荡起双桨。

70后作家，作为整体，在文学上还没有声音。先是卫慧等人在网上和书的封面上贴失真美人照片，打出"身体写作"的旗号，羞涩地说"我湿了"；然后是九丹义正词严地说我就是"妓女文学"，"我占领机场卖给六七十年代白领精英"；然后是木子美另扛"液体写作"的旗号，坦然地说"我就是露阴癖"，"再废话我露出你来"；最近的进展是有女作家直接在网上贴裸体照片。羞耻啊，写枕头的，没出个李渔，写拳头的，没出个古龙。我们这一代最好使的头脑在华尔街构建金融计量学模型，在硅谷改进 Oracle 数据库结构，在深圳毒施美人计搞定电信老总销售程控数字交换机。

但是70后还有机会，气数还远远没有穷尽。

从经历上看，70后独一无二，跨在东西方之间，跨在古今之间，用张颐武的话说："这一代，是在大陆物质匮乏时代出生和度过青春期的最后一代。他们在匮乏中长大，却意外地进入了中国历史上最丰裕最繁华的时代。他们还有那单调刻板却充满天真的童年，却又进入了一个以消费为中心、价值错位的新时代。他们有过去的记忆，却已经非常模糊；有对于今日的沉迷，又没办法完全拥抱今天；容易满足，却并不甘心满足。"从知识上看，70后受过纯正的科学训练，顶尖的脑子在《科学》和《自然》发表论文，独立思考已经成了习惯，比如遥想最完善的人类社会制度，按需分配当然好，如果人民都想自己占有 Tahiti 的 Bora Bora 岛，如何分配啊？如果男人都想睡安吉丽娜·朱莉，如何分配啊？从时间上看，70后还有大把的光阴。这个岁数，亨利·米勒的文学实践还停留在嘴上和阳具上；这个岁数，王小波站在人民大学门口，望着车来人往，还是一脸迷茫。

出名不怕晚。北大植物学老教授的话还在耳边，板凳甘坐十年冷，文章不着一句空。我最近看到的趋势是，60后个别人开始掉转身，亲市场求销量，顺应时代一起浮躁；70后在有了自己的一间看得见风景的房间之后，个别人突发奇想，认为真正的牛×来自虚无的不朽，开始逆潮流而动，抛开现世的名利，一点一点，试着触摸那扇千古文章的窄门。

用美器消磨时间

人是需要有点精神的，有点通灵的精神，否则很容易出溜成行尸走肉，任由人性中暗黑的一面驱使自己禽兽一样的肉身，在世间做一些腐朽不堪的事情。

人不是神，无法脚踏祥云或者头顶光圈，人通灵的精神需要落实在一些通灵的时间上。明代嘉靖、万历年间的陈继儒，在《太平清话》中列举了一些东方文化中的通灵时间："凡焚香、试茶、洗砚、鼓琴、校书、候月、听雨、浇花、高卧、勘方、经行、负暄、钓鱼、对画、漱泉、支杖、礼佛、尝酒、晏坐、翻经、看山、临帖、刻竹、喂鹤，右皆一人独享之乐。"

人是群居的生物，越是在通灵的时候，越希望有知己在旁边起哄架秧子。一杆进洞，四下无人，人生悲惨莫过于此。

这个放下不展开谈。上述列举的通灵时间，都需要一些器物实现：焚香需要香炉和香，试茶需要茶盏、茶壶和茶，洗砚需要砚台，鼓琴需要古琴，哪怕负暄（俗话说就是冬天里晒太阳），也需要一条狐皮褥子垫在屁股底下。

以器物论，东方文化中有两个美学高峰。

一个高峰是商周之前的高古玉，几乎全是礼器，"苍璧礼天，黄琮礼地，青圭礼东方，赤璋礼南方，白琥礼西方，玄璜礼北方"，光素温润，毫无戾气。

另一个高峰是宋金的高古瓷，很多和茶、花、香相关的美器，用于上述通灵的活动，"点茶、插花、焚香、挂画"，单色不琢，和敬清寂，因为隐忍，所以美得嘹亮。

商周之前的高古太遥远，那时候人的平均寿命太短，生活太魔幻。相比之下，宋朝是个不爱打打杀杀的朝代，某些皇上都是骨灰级文艺男，对于我们今天的生活，宋朝的审美更具指导意义。

我案头常放几件古器物，多数能用，喝茶、饮酒、焚香，多数是宋朝的。盘桓久了，看到窗前明月，知道今月曾经照古人，会问："明月几时有？把酒问青天。"

一盏。北宋建窑兔毫盏，撇口，直径约十厘米，盏色青黑，兔毫条达，盏底修足工整，盏外近底处有垂釉和釉珠。一罐。宋金钧窑双耳罐，内壁满釉，底足不施釉。一印。宋羊钮白玉印，微沁，两厘米乘一厘米见方。宋代喜欢用玉雕羊，雕工极细，羊神态自若，面部由多个棱面组成，体现宋代动物玉雕的特色。

很难用语言形容这一盏、一罐、一印的美。我一直认为，文学首要的追求是求真，探索人性中的无尽光明与黑暗。真正的美，只可意会不可言传。

在真正的美面前,文字常常乏力。白居易说杨贵妃,"芙蓉如面柳如眉",然并卵,这么多年过去了,白居易这句诗流传下来了,我们还是不知道杨贵妃长得什么样子。

如果勉为其难,用语言形容这三件器物呈现的东方审美——

东方审美就是实用的美:建盏的口沿很薄并且向外撇,喝茶的时候,上下唇贴上去,非常服帖;建盏的壁很厚,茶汤倒进去不容易凉。钧窑罐的形状很美,哪怕不插花,摆在案头就很养眼;釉厚,千年过后的今天,还是能当实用的水入,不漏不渗。千年过后的今天,玉印摸上去还是滑腻不溜手,顺手,顺心。

东方审美就是传承的美:这三件器物,我都见过类似器形和做工的同类,在没必要改变的时候,古代的匠人竭尽心力传承前辈匠人精心塑造的美,恭敬从命,细节一丝不苟,大局随心所欲而不逾矩。

东方审美就是自然的美:它们似乎都不是主观设计的产物,匠人只是努力把它们恢复到了天生应该的样子。拿起青黑的建盏,喝一口当年春天摘的古树生普,冷涩而后甘,山林的春天就在唇齿之间,"一杯落手浮轻黄,杯中万里春风香"。插一枝莲花到钧窑罐,仿佛养一枝莲花在小小天青色的水塘,"雨过天青云破处,这般颜色作将来"。

审美的确需要天赋,但是天赋需要点拨,后天熏陶能在相当程度上弥补天赋的不足。多花点时间在这些通灵的事儿上，人容易有精神；多用些美器做这些通灵的事儿，人更容易有精神。精神即是物质，物质即是精神，本一不二。

年轻的时候喜欢透过现象看本质，读万卷书行万里路，常常将天地揣摩，希望终有一日妙理开，得大自在。人慢慢长大，喜欢略过本质看现象，一日茶，一夜酒，一部毫不掩饰的小说，一次没有目的的见面，一群不谈正经事的朋友，用美好的器物消磨必定留不住的时间。所谓本质一直就在那里，本一不二。

几床悍妇几墙书

对于我们七〇一辈人,纸书是最寻常不过的器物。尽管寻常,每每想起纸书,每每想起一个词:爱恨交加。

因为爱得太深,所以先说说恨。

第一,太沉、太占空间。上医学院的时候住宿舍,睡上下铺,人均不足五平方米。我一直睡上铺,书只能摆在床的一边,我睡另一边。宿舍在东单街口,离灯市口的中国书店以及王府井的商务印书馆、三联书店、外文书店都近,总忍不住往回买书。床本来就不大,为了有足够空间堆书,一直不敢胖。我下铺睡眠质量差,他说,总担心我的书落下来砸坏他的下体。从美国上学回来,我第一次有了自己的房子,把散放在各处的纸书集中到一起,搬家时装了四十个大纸箱,累得搬家公司的兄弟就地罢工,要求加钱,说,以后接活儿,不能只问有几个冰箱,还要问有几十个书箱。把书安顿好之后,我瘫在地中央,环顾四周,心想,妈的,空间还是不够,我还是不能胖。后来换工作,再搬家，往深圳和香港各搬了十个箱子，每个箱子只装一半书，另一半装衣服和被子，好了很多。即使搬了不少书去南方，剩下的书还是让我老哥担心楼板的承重能力。老哥话不多，在网上查了很多天资料，自学了好一阵工程力学，给我发短信，说，楼板会塌。

第二，太招蟑螂。东单协和医院又老又热，病人怕冷，医院常年保持二十好几摄氏度，日子久了，到处是蟑螂。医学院和医院物理相连，我上学那几年就生活在蟑螂中间。床垫子和床单之间，床单和书之间，书和书之间，书页之间，大大小小的空间，大的走大蟑螂，小的走小蟑螂，再小的停放蟑螂卵和蟑螂屎。听说，即使人类灭绝，蟑螂还在；即使地球毁灭，蟑螂也还在。不能战胜，就共处，想通这点之后，我没有杀过一只蟑螂。很多年以后，我下铺说，他胖，疑似睡眠呼吸暂停综合征，尽管当时我的书没砸伤他的下体，但是他睡觉时一定大口呼吸，一定无意识中吃过不少从书里掉下来的蟑螂卵、蟑螂屎、小蟑螂。我说，应该是，你医学院毕业之后，又进哈佛念博士又回北大当教授，顺风顺水，一定和你当时的饮食遭遇有关。协和的蟑螂跟着书去了我第一处房子，没多久，我老妈说，奇怪，楼里不少人都在打听如何消灭蟑螂，咱们左右邻居在楼下晾被子呢，咱们家似乎没见到。我说，这群蟑螂都习惯在书里活动，咱家书多。

第三，太耗草木。过去，写书是有庄严感的事儿，孔子想了想，选择了"述而不作";现在,写书似乎类似唱卡拉OK,不会汉语的都可以用汉语写作。过去,写书的人多数饱读诗书,决定写了,写的也多数是过去没有的东西;现在,写书的人多数没好好看过几本书,以为写出了爱情和侠义的真谛,结果琼瑶和金庸多年前已经写过了,印好的千万册书已经不能再变回花草树木了。

第四,不能给作者高于15%的版税。纸书出版环节多:创作、编辑、装帧设计、印刷、宣传、物流、批发、零售等,成本必然高,再大牌的作者也很难拿到15%以上的版税。电子书省略了很多物理环节,基本能给到50%以上;亚马逊的自出版能给作者70%的版税,只是它们还没有推出中文出版服务。

第五,禁书不能出售。不能出售的原因很简单:犯法。成为禁书的原因很复杂,通常给出的是:经上级机关研究决定。

第六,检索困难,不自带字典。因为检索困难,实在找不到的时候,还得打开电脑上网搜。因为不自带字典,遇上生字和生词常常犯懒或者怕破坏阅读快感,囫囵吞枣,连蒙带猜。

至于爱,那是绵绵不绝,尽管电子书已经越来越先进,还是替代不了。挑主要的说:

第一,拥有感。骑了车,到了书店,掏了钱,买了,我的了!借问人生何所有,几床悍妇几墙书。沉沉的,紧紧的,在自己手上,我的、我的、我的、我的,一瞬间的我执爆棚,真好。放到书架上,

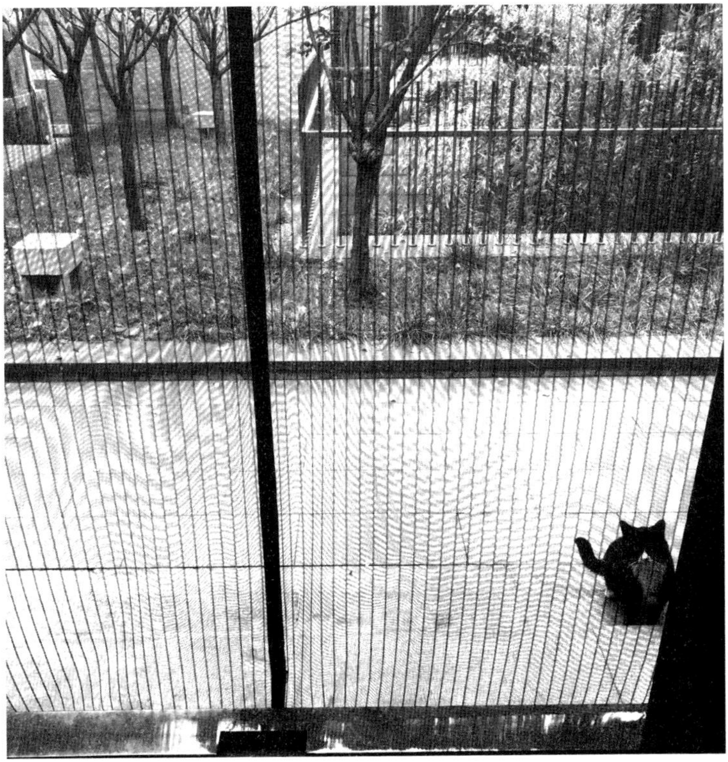

不管有生之年会不会真有时间看，我想看的时候就有的看，不离不弃。这种阅读权带来一种奇怪的满足感，类似住处有个游泳池，尽管很少去，内心也清凉。

第二，简单的出离感。打开纸书，不插电，没有任何声光电和视觉设计，借着简单文字，魂魄渐渐抽离。周围草木一寸一尺地消失，时间没有方向感，四处流淌。读者和作者一起坐在屌丝时的夏天夜晚来临之前，怎么吃也不隆起的腹肌，怎么流汗也耗不尽的力气，怎么想念也绝不降临的你。

第三，触觉。双手摸着的不是工业塑料，不是玻璃，不是铝合金，而是纸。摸多了，书页会有滑腻的感觉，从指尖瞬间到心尖，心尖肿胀。我一般看纸书，手上会抓一支笔，随手画线，随手批注；书一般不会叫喊，微笑受着。

第四，礼物感。去一个遥远的书店，挑一本小众的纸书，买了，在扉页上写或不写几个字，下次见到，送给她或者他。这比随手发个电子版到电子邮箱，逼格高很多。

纸书应该最终会让位给电子书，但这是个漫长的过程，至少不会在我们这一代人的有生之年发生，至少不会在我身上发生。

我总是遥想退休生活，其中一个重要环节，就是把第一个住处改做个人图书馆，在纸书里，在啤酒里，在阳光里，在暖气里，宅着，屌着，无所事事，随梦所之，嘴里牙缝里似乎有蟑螂屎。

离天堂最近的地方

图书馆:

好久不见,真是好久不见。

我从小喜欢读书,但是这和远大理想和父母督促等都毫无关系。我从小较真,比如老师鼓舞我们说,为中华之崛起而读书,我会一直问,怎么定义中华?怎么定义崛起?读什么书?中华崛起和我读你说的那些书有什么必然关系?还没等我问完,老师就不搭理我了。我父母很少读书,我爸关心大自然,特别是大自然里能吃的东西,他能叫出水里所有鱼的名字。我妈关心人类,特别是邻里亲戚之间的凶杀和色情,她了然方圆十里所有的男女八卦。即便是后来我写的小说出版了,再版了,得奖了,另几本小说也出版了,我父母都不看,我爸说,看不下去,没劲,没写鱼。我妈说,还是不看了,保持一下对我残留不多的美好印象,再说,能写成啥样啊，不就是那点搂搂抱抱摸摸插插的屁事儿吗，还能写出花？

我从小喜欢读书全是因为那时候没任何其他有意思的可干。我生于上个世纪七十年代初，我们是最后一代需要主动"杀时间"的人类：没手机、没平板、没电脑、没电影、没电视剧、没游戏厅、没夜总会、没旱冰场、没保龄球。我又对体育没任何兴趣，上街打架又基本是被打。只剩下读书，于是读书。尽管那时候让读的书种类不多，但是已经能看到李白说"暮从碧山下，山月随人归"，已经能看到《诗经》讲"知我者谓我心忧，不知我者谓我何求"。

我那时候的小学和中学有图书馆吗？我不记得了，很可能没有。街面上似乎有图书馆，一个区似乎有一两个，每个图书馆最热闹的是报刊栏，一堆老头、老太太站在报刊栏前面看当天的《人民日报》《光明日报》《解放日报》等，各种不同报纸上，百分之七八十的内容是一样的，老头、老太太们还是从头读到尾。有一次我试图进入一个图书馆，里面当班的被吓了一跳，以为我是来偷啥的坏孩子。我问，能借书吗。她说，不能。我问，能进书库随便看看吗？她说，不能。我问，为什么？她说，你借书，我怎么能保证你一定能还？再说，不符合规定。你进书库，我怎么能保证你能爱护图书而且不偷书而且不撕掉几页拿走？再说，不符合规定。我问，那你是干什么的呢？她说，我是看着像你这样的人的。因为生在北京，北京有些街上的确有号称藏书众多的图书馆，比如北海公园西边有国家图书馆老馆，比如中关村南大街有国家图书馆新馆。我听说北京图书馆里有宋版书、元版书、外版书、完全没删节的《金瓶梅》。我连尝试进去都没尝试过，我听说看《金瓶梅》要单位介绍信，说明借阅的充分理由，如果介绍信被看出来是假的，图书管理员身后立刻蹿出来两个警察。

第一次体会到图书馆的美好是在北大。北大图书馆离我住的28楼不远，早点去，如果运气好，能有个靠窗的座儿，层高很高，有淡淡的男生的球鞋味儿，也有淡淡的女生的雪花膏味儿和洗发水味儿。窗外是很多很高大的白杨树，是很大很绿的草地，是草地上一些弹吉他唱歌的男女，每个人的眼睛都是全世界最朦胧最忧伤的。七八页书看过，人一阵恍惚，掉进书里，周围的人消失，周围的墙消失，周围的窗户全部打开，周围的一切变软，从固体变成液体再变成空气，混沌在周围，不知今夕何夕。时间变得很浅，一个恍惚，又憋得不能不去撒尿了，一个恍惚，又饿得不得不去吃饭了，一个恍惚，日落月升，宿舍、图书馆要锁门熄灯了，一个恍惚，白杨树的叶子落光了，草地忽然黄了。

协和有三宝：病历、老教授、图书馆。大量完整的病历非常方便做临床研究，提示某几种现象之间的联系有多强。而且，非常满足好奇心，比如张学良不穿内增高鞋的净高有多高，比如某天后怀孕了几次、生了几次。榜样的力量是无穷的，老教授是最实在的榜样，这些不爱睡觉的老人早上七点已经在病房开始查房了,我们不好意思早上七点才起。有了在北大培养起的对图书馆的热爱,协和五号院北侧的两层小楼就是又一个可以不知今夕何夕的洞穴。从两百年前的原版医书到两周前的原版期刊,都有,一边看一边感叹:人早就能把人送上月球了,但是还是不知道人到底是个什么东西,人早就知道了人的一些共同特征,比如男人的左睾丸比右睾丸低,更靠近脚面,但是还是不知道这些共同特征到底是为了什么。

十六年前,我去美国读MBA。十六年后,我去美国休个长假。中间这十几年,事冗时仄,只有两种运动:开会、喝应酬酒,读书都在厕上、枕上、车上、飞机上,把包里的Kindle勉强算作图书馆。长假中,不设手机叫醒,在风铃声中自然醒来,忽然想到,可以再捡起多年前的爱好,再去泡泡你,图书馆。

开车去距离住处最近的UC Davis,据说是世界上农业科学最强的大学。靠近校园,有大片实验性农田和果园,但是没臭味。地上三层、地下一层,不需要证件,不需要存包,没人盘问,我就大摇大摆地进了图书馆。我在地下一层的一个角落坐下,中庭泻下来的光猛,松树很老,草地很嫩。人很少,一切很静,人走路、人轻轻搬开凳子、人掏出钥匙、人挪挪屁股,都发出大得吓人的声音。坐下,吸口气,一鼻子纸张和油墨的味道。站起,在旁边近期期刊的架子间逛了逛,新一期时代周刊的封面是普京、题目是第二次冷战,新一期麻省评论的封面是卡夫卡,新一期当代作家评论的封面是李敬泽，新一期台湾研究院历史语言研究所集刊的第一篇文章题目是："《灵枢》九宫八风名及相关问题研究"。

看书看到被尿意憋醒，去一层上洗手间，我沿着宽大的楼梯往上走、往上看，明晃晃的阳光，一架架的纸书，每本纸书仿佛一个骨灰盒，每个骨灰盒里一个不死、不同、不吵的人类的灵魂，进进出出，自由自在，无始无终，一副人间天堂的样子。

整个人都好了。

也祝你都好，在世上越来越多，越来越好。

觀堂

六

天用云作字

我想你,和黑夜还是白天没有关系,和晴天和下雨没有关系,甚至和你知道不知道都没有关系,尽管我还是会尽量让你知道,想到这里,于是欢喜。

欢喜（节选）

1

　　同学们匆匆忙忙跑回楼上，还有一大堆的作业和书等着他们呢。每个人都是时不我与，岁不我待，每个人都知道珍惜时间，抓紧时间。

　　可是他们不明白，时间是永恒的，无始无终，逝去的只是他们自己。

　　腿上流着血的人飞快地跑着，去迎接希望，去迎接死亡。

　　得道的傻和尚慢慢地在雨中走着，"跑什么呢？前面不还是雨吗？"

2

历史的陶轮旋转至今，十条的中学生守则变成二十七条校规，再衍成最新的五部四十条的中学生日常行为规范。照这样下去，我们会被限制迈门槛必须先用哪只脚的。

树大了招风，猪肥了被宰，规矩多了难免是要被破的。麦克阿瑟说过："只有违反纪律，才能让你出名。"不犯错误的学生，有时就像没有过禁书的作家，没打过离婚的演员，名头绝不会响亮。学友们嘴上不说，心里认为你没有长开，还是个雏儿。

3

你好

你的来信，我大概只能用"惊喜"来形容。就好像，早晨一推门，发现一夜间，天地被雪花裹成了素白。或是拉开窗幛，窗外探过来蜡梅、迎春之类爆红炸绿了一支一束。

你开头就说："不用问……"其实，这正是该问的。一别一年，这一年，滚滚爬爬，摔摔打打，不说"曾经沧海"，也差不了太多。我就像佛经故事里的那个人，一根藤条吊在悬崖上。上面是老虎，下面是狼，两只山鼠，正津津有味地啃着那根藤条，它眼看就要断了。这时候，他看见崖壁上有一颗红得像生命一般的草莓，已经熟透了。于是伸手摘进嘴里，真美呀。

有时候，关切是问。有时候，关切是不问。人仿佛是生长在时间里的一种树木。两个人如果共同度过了太多的岁月，就像两棵生长在一块土地里的树，根缠在一起，枝交在一起，记忆已经让他们注定不能分离了。虽天各一方，吴楚异乡，但蒙趾离（梦神）相助，我们都能频入彼此的梦乡。淤在心底的岁月，就像沉入潭底的石子，表面了无痕迹，如同已经忘记。可午夜梦回，星空独坐时，一颦一笑都是那么清晰，一如往昔。

昨天做梦，梦见了我们那次看电影。夜场散了已经十一点多了，咱们十几个人还觉着意犹未尽。骑着车子去夜游，天安门，国务院，中南海，北海，大街上一个人也没有，觉着很发泄，很爽快，很自在。仿佛我们能这样骑下去，骑成永远。

骑到故官后门，他们都骑到前面去了。不，我惊喜地发现还有你，在一旁陪我，慢慢地蹬着。右边是故宫的围墙，当时，很好的月光，角楼的侧影有一种魔幻般的凄迷，还有你很生动的脸。有生以来第一次，我知道了什么叫"神秘"。你不说话，我也不说话，就这样默读这股神奇的静谧。很美好。

有些感情是我们所不能表达的。陈子昂登上幽州台，能做的也只是流涕。我们有深意的时候，能做的也只是对那个人说："看着我的眼睛。"

送你首诗，见笑：

仿佛

仿佛有一种言语
说出来便失去了它的底蕴
仿佛摇落的山音
掌上的流云

仿佛有一种空白
河水流过彼岸没有记忆
仿佛投进水里的石头
落进心底的字句

仿佛有一种存在
只有独自才能彼此感觉
仿佛淌过鬓边的岁月
皱在窗棂的微雪

提前祝新年快乐。

秋水上

4

我感谢上帝，上天给我们每个人很多好东西，问题是不是每个人都很爱惜地保护它们。如果一个人一直持着那颗好奇的童心，那无疑是牛顿、爱因斯坦。

如果，一个人一直保着青春年少时的爱心，初恋时的羞赧，他无疑是薄伽丘、屠格涅夫。

人们常说的文人的才气，说白了也就是对异性的敏感程度。

才尽了，是因为他对她再也没有兴趣了，随之，对世界的兴趣，也就淡淡如水了。他也就只能去做学问了。人们就说他老了。

大家仿佛是顺流而下的货船，每行一段，货被风吹走一些，被雨淋烂一些，为某种目的卖掉一些，一直到完结。

5

我以前常想，要是一个人能为我不顾一切，要是我能为一个人不顾一切……

没有冲动地去吻一个女孩子和有冲动而不去吻，都是暴殄天物，都是灭绝天理，都是天地不容的事情，应下拔舌地狱。

"我等你好久了！等得我好苦！"

我需要的不是由于对方的存在而感到温暖，感到不再孤单。

我需要的不是一条路走来走去，知道路边有几个垃圾桶，绿油漆的，知道一路上有多少块青石板，一共要迈三百八十六步。我需要的不是因为有人爱着而产生的被承认的虚荣，像暴发户炫耀坠得脖子酸痛的金项圈一样得意有几个几个女孩子喜欢我。我需要的不是一个避难所，一个知音，一个人说她永远理解我，即使是真的……

我厌倦这一切，诅咒这一切，这一切里包含着懒惰，怯弱，包含着其他事物可以取代的东西。

"我等你好久了！等得我好苦！"

一把将孟寻带进怀里，手臂像腰带一样束住她的身子。

"你放开我！"

慢慢地，慢慢地，她的身子一点点软下来，不叫了，泪还在流，静静地流。她融化在我的臂环里，我像是拥着一柱稠稠的液体。

慢慢地，她微合上眼睛，睫毛上仍留着半颗坠不下的泪水，仿佛一种许可，一种邀请。我轻轻地印上去。

很轻，很浅的印入，弹性，绝不是，那猩红的绝不是肉体，也是一种液体，糨在那儿，包裹，填满，淤和，一种陷入的外物，很长，很短，褪出的时候，分断的一瞬间。

私印

我把月亮戳到天上，

天就是我的。

我把脚踩入地里,
地就是我的。
我把唇压进你的脸庞,
你就是我的。

我的手缓缓松开,她闭着眼,略想了想,抡起巴掌,扇在我脸上,掌声清脆、嘹亮。于是头也不回跑了。

万物生长（节选）

1

几乎从十岁以后，我就已经没有了任何竞争心。我没有学过，所以一直也不会如何和别人争，最主要的是我找不出和别人争的理由。我老妈说，我因此注定不能成为富甲一方的人物。我认为，没有什么是不可替代的，一些仿佛不可或缺的东西其实并不是真的那么重要。过去孔丘没有笔记本电脑、手提电话，一样伟大。李渔没有盗版的淫秽光盘、番石榴味的避孕套，一样淫荡。没有熊掌，可以吃鱼。没有鱼，可以去天坛采荠菜。饭后没有保龄球、KTV等娱乐，我们可以散步，体会食物在身体里被消化、吸收，然后我们大便。大便不仅仅是一种娱乐，简直是一种重要的修行方式。庄周说："大道在于遗屎。"始祖达摩面壁九年，一次无比愉快的大便之后，达到了禅定的境界。还有很多人在大便中升天，更多的人死去。当然,这一切需要智慧。抬头望望天上数不清的星星,想想生命从草履虫进化到狗尾巴草再进化到人,再琢磨一下心中患得患失的事情,你也会有一点智慧。争斗的人,追逐的人,输的人,赢的人,都是苦命的人,薄福的人。事物的本身有足够的乐趣,C语言有趣味,《小逻辑》有趣味,文字有趣味,领会这些趣味,花会自然开,雨会自然来。如果你含情脉脉地注视一个姑娘三年,三年后的某一天,她会走到你身边问你有没有空儿一起聊聊天。

上高中的时候,我就曾经含情脉脉地看了我的初恋情人三年。初中的时候,我们不在一个学校,我已经听说过她的名声。关于她如何美丽的传闻和《少女的心》《绿色尸体》等手抄本一起,在我周围流转,和做不完的习题、翻修不断的东三环路共同构成我少年生活的背景。高中的时候,她坐在我眼角将将能扫到的位置。如果她是一种植物,我的眼光就是水,这样浇灌了三年,或许她从来没有想过她如此滋润的原因。

三年不是一段很短的时间,简直有三辈子那么长,现在回想起来,搞不清是今世还是前生。

我很难形容这三年中的心情,有时候想轻轻抱一下,有时候想随便靠一靠,最终都一一忍了,心似乎一直被一汪不旺却不灭的小火仔仔细细地煎着。听说有一道味道鲜美无比的猪头大菜,做法早已经失传,行家讲关键是火候,那种猪头是用二寸长的柴火煨三天三夜才做成的。每隔半小时添一次柴，一次只添一根柴火，三天三夜之后才熟。三年高中，一天一点的小邪念就算是二寸长的柴火，三年过后，我似乎也应该成熟了，跟猪头似的。

后来她去了另外一个城市上大学，于是通信，因为同学过三年，有一起回忆的理由。记得忽然有一封信，她对我的称呼少了姓氏，只是简简单单一个名字。她原来浅浅深深、云飞雪落的基调却变得严肃起来，开始谈起国内形势、艺术表现和学业就业等重大问题。我回信说，国内形势好啊，有空到来玩吧，洋鬼子建的旧燕京大学味道很好。那是一个夏天，在北大的静园，我们坐在一条长凳的两端，四下无人，周围尽是低矮的桃树和苹果树，花已落尽，果实青小，远未成气候的样子。我们的眼睛落在除了对方身体以外的所有地方，她长发长裙，静静地坐着，头发分在左右两边，中间一帘刘海儿低低地垂着，让我心惊肉跳。我说我索性讲个故事吧，话说一个男孩如何听说过一个女孩，如何看了她三年，如何在这种思路中长大。她说我也讲个故事吧，话说一个女孩如何听说过一个男孩，如何想了他三年，如何在这种思路中不知所措。我不由得倒吸一口冷气，在狂喜中一动不敢动，我想，如果这时候，我伸出食指去接触她的指尖，就会看见闪电。吐一口唾沫，地上就会长出七色花。如果横刀立马，就地野合，她会怀上孔子。

2

我抬头,就看见我的初恋向我走过来。她穿了一件粉色的小褂,白色的裙子,黑色的布鞋,头发散开,解下来的黑色发带松松地套在左手腕上。看到她的时候,一只无形的小手敲击我的心脏,语气坚定地命令到:"叹息吧。"我于是长叹一声,周围的杨柳开始依依,雨雪开始霏霏,我伸出手去,她的腰像杨柳一样纤细而柔软。

我请我的初恋来到我位于垂杨柳的屋子,这件事情含义深刻。我从来没有请过任何人到我的房间,从来没有任何人乱动过房间里的东西。如果一个我感觉不对的女孩要求我必须在脱下裤子和领她到我房间之间选择,我会毫不犹豫脱下裤子,而不会打开我的房门。

我的房间是一只杯子,屋里的书和窗外的江湖是杯子的雕饰。我的初恋是一颗石子,坐在我的椅子上,坐在我的杯子里。小雨不停,我的眼光是水,新书旧书散发出的气味是水,窗外小贩的叫卖声是水,屋里的灯光是水,屋外的天光是水,我的怀抱是水,我的初恋浸泡在我的杯子里,浸泡在我的水里。她一声不响,清冷孤寂而内心狂野,等待溶化、融化、熔化,仿佛一颗清冷孤寂而内心狂野的钻石,等待像一块普通木炭一样燃烧。这需要多少年啊?我想我的水没有温度,我的怀抱不够温暖。

3

后来雨停了,天很晚了。我说送她回家,她说不坐车,走走。我们走在东三环上,经过起重机械厂、通用机械厂、光华木材厂、内燃机厂、齿轮厂、轧辊厂、北京汽车制造厂、机床厂、人民机械厂、化工机械厂、化工二厂,我依旧闻见化工二厂发出的氨气的臭味,但是半斤二锅头在体内燃烧,我觉得这个夜晚浪漫异常。借着酒劲儿,我法力无边。我让初晴的夜空掉下一颗亮得吓人的流星,我停住脚步,告诉我的初恋,赶快许愿。我双手合十,眼观鼻,鼻观口,口问心,问心无愧。她说你不许装神弄鬼,夜已经太深了。我说我许了一个愿,你想不想知道。她说不想。我说不想也得告诉你,否则将来你会怪我欺负你。我要用尽我的万种风情,让你在将来任何不和我在一起的时候,内心无法安宁。她一言不发,我借着酒劲儿,说了很多漫无边际的话,其中有一句烂俗无比,我说:"我不要天上的星星,我要尘世的幸福。"

4

"我一直以为,男人是否美丽在于男人是否有智慧,不是聪明而是智慧。这甚至和有没有阴茎都没有必然的联系,比如司马迁宫刑之后,依旧魅力四射,美丽动人。女人是否美丽在于女人是否淫荡，不是轻浮不是好看而是淫荡。我要是个女人，我宁可没有鼻子，也不希望自己不淫荡。你仔细想一想，是不是所有魅力四射的女人都十分淫荡？这是秋氏理论的重要基础。"

"你不用担心，你要是女人，你有足够的能量让周围鸡飞狗跳的。我还是不喜欢淫荡这个词汇，你可以用在别的女人身上，不要用在我身上。我对你一心一意。"

"智慧可以大致分两种。一种智慧是达·芬奇式的智慧，无所不包。达·芬奇画过画，教过数学，研究过人体解剖，设计过不用手纸的全自动抽水马桶。另外一种智慧是集中式的智慧，比如那个写《时间简史》的教授。他全身上下，只有两个手指能动，只明白时间隧道和宇宙黑洞。淫荡也可以大致分两种。一种是对任何有点味道的男人都感兴趣，另一种是只对一个男人感兴趣。林黛玉和你都属于后一种。"

我女友没有说话，但是脸上要抽我的表情已经没有了。姑娘们好像总愿意和林黛玉那个痨病鬼站在一块。

5

那个夏天要结束的时候，我的初恋要回上海，她的学校要开学了。我问她，为什么当初不留在北京，事情或许要容易得多。

"我当初一个北京的学校也没报。我想离开，离开这个城市，离开你，重新开始。有其他姑娘会看上你，你会看上其他姑娘。也会有其他男孩看上我。你、我会是别人的了，想也没用了，也就不想了。"

"现在觉得呢？"

"想不想不由我控制，没有用，还是要想的。我当时展望，你会在某个地方做得很好，会了不起。我呢？会有人娶我，我会有个孩子，他会叫我妈妈。一切也就结束了。"

"我是没出息的。刚能混口饭吃就沾沾自喜，自鸣得意。"

"不会的，你会做得很好。我要是认为你不会做得很好，我就早跟你了。"

"为什么呀？我们不是需要鼓励上进吗？"

"你这棵树太大了，我的园子太小了。种了你这棵大树，我不知道自己还有没有心平气和的日子，我还有没有其他地方放我自己的小桥流水。"

"我又不是恐龙，又不是粗汉。"

"不是你的错。是我量小易盈。其实不是，其实我一直在等一棵大树，让我不再心平气和，让我没有地方小桥流水。我好像一直在找一个人能抱紧我，掌握我。但是等我真的遇见这样一个人，好像有一个声音从心底发出来，命令我逃开。"

"我不是大树。有大树长得像我这么瘦吗？我没像你想那么多。我高中的时候遇见你，这件事对我意义重大，这件事可能跟你一点关系也没有。我知道挺难懂的，我都不明白。举个极端的例子，别嫌恶心。人们把死去和尚的牙齿放在盒子里，叫作舍利子，还盖个塔供奉。这口牙什么都不知道，但是对供奉它的人很重要。有时候，我觉得，我是看着你长大的。你别误会，我说的是，我看着你，我自己慢慢长大。没有你，不看着你，我感觉恐惧，我害怕我会混同猪狗。有了你，我好像有了一个基础，可以看见月亮的另一面，阴暗的、在正常情况下看不到的一面。我好像有了一种灵气，可以理解另一类，不张扬的、安静从容的文字。拿你说法做比喻，一棵树可以成长为一棵大树，也可以成长为一个盆景。即使成为大树，可以给老板做张气派的大班台，也可以给小孩做个木马，给老大爷做口棺材。如果我没有遇见你，我一定认为，一棵树只能成长为一棵大树，只能给老板做张气派的大班台。"

"你既然都长大了，都明白了，还理我做什么？"

"经是要天天念的，舍利子是年年在塔里的。"

"花和尚念《素女经》。舍利子在不在塔里，对于和尚来说，不重要。和尚只需要以为舍利子在塔里。"

"我不能糊弄自己。我不握着你的手，怎么能知道你在？"

"你可以握别人的手，你学医的，该知道，女孩的手都是肉做的，差不多。"

"差远了。我希望你知道，你无法替代。现在，猩猩不会一觉儿醒来，发现自己变成了人。时候不对了。你可能不是最聪明

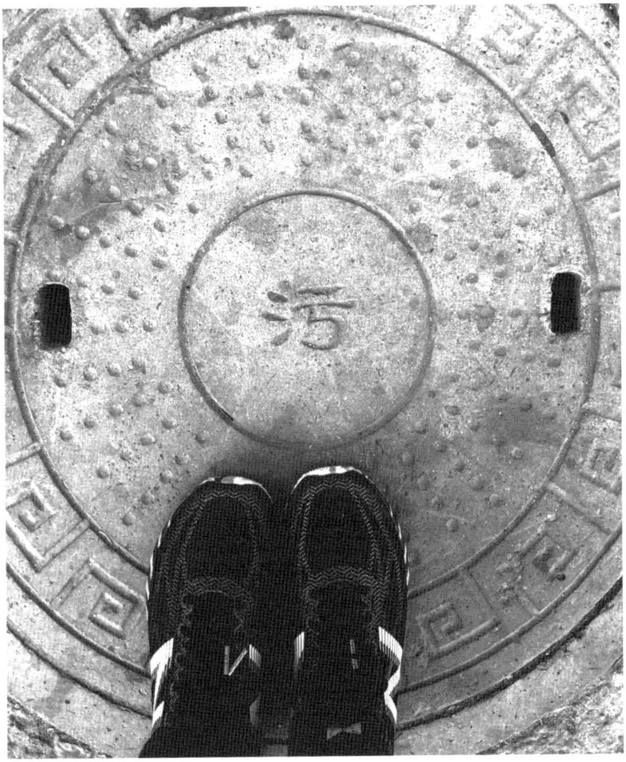
污

最漂亮的，但是你最重要。我是念着你长大的，男孩只能长大一次。你不可替代。别人再聪明再漂亮，变不成你。时候不对了。"

"可我要走了，要到挺远的地方去。"

"我有办法。没有手，我也能拥抱你。没有脚，我也能走近你。没有阴茎，我也能安慰你。"

"你为什么总要把美好的事物庸俗化。"

"我紧张。"

6

"我不想和你玩游戏了，你是号称文章要横行天下的人，和姑娘一对一聊三次天，姑娘睡觉不梦见你，才是怪事。"

"那是谣传。"

"我不想知道那是不是谣传。我问你，我希望你心平气和地说实话。我想知道，你觉得你和我在一起，有没有激情。"

"当然有。"

"你不要那么快地回答我，好好想一想，要说实话。我说的是激情。"

"当然有激情，要不然，我怎么能跟你犯坏？"

"那不是激情，那是肉欲。我不想你只把我当成一起吃饭的，一起念书的，一起睡觉的。我说过，我们不公平，我想起你的坏坏地笑还是心里一阵颤抖，你想起我的时候，心跳每分钟会多一下吗？我是为了你好，我们还小，我们还能找到彼此都充满激情的对象。你的心不在我身上，我没有这种力量。我没有力量完全消化你，我没有力量让你心不旁骛，我没有力量让你高高兴兴。"

"但是你有力量让我不高兴。我不想和你分开，和你分开，我很难受。我们已经老了，二十五岁之后，心跳次数就基本稳定了。我现在敲女生家门，即使屁兜里装了安全套、手里捧了一大束玫瑰藏在身后，心也不会跳到嗓子眼儿。我除了吃饭、念书、睡觉，我不会干别的。我只想仔细爱你，守住你，守住书，守住你我一生安逸幸福。"

"你是在自己骗自己，你是在偷懒，我可以继续跟着你，做你的女朋友，但是最后后悔的是你。你的心依旧年轻，随时准备狂跳不已。只是我不是能让你的心狂跳的人，我不是你的心坎，尽管我做梦都想是。"

北京，北京（节选）

1

一九九四年北京的一个夏夜，我说："我要做个小说家，我欠老天十本长篇小说，长生不老的长篇小说，佛祖说见佛杀佛见祖日祖，我在小说里胡说八道，无法无天。我要娶个最心坎的姑娘，她奶大腰窄嘴小，她喜欢我拉着她的手，听我胡说八道，无法无天。我定了我要做的，我定了我要睡的，我就是一个中年人了，我就是国家的栋梁了。"

2

"我眼神是不是贼兮兮的？"后来，在我和小红烧肉在一起的唯一的两个星期里，我仰望着由于粉尘污染而呈现暗猪血色的北京夜空，问怀里的她。

"不是。很黑，很灵活，毫无顾忌，四处犯坏的样子。隔着眼镜，光还是冒出来。"小红烧肉香在我怀里，闭着眼睛说，猪血色的天空下，她是粉红色的。她的头发蹭着我的右下颌骨和喉结，我闻见她的头发香、奶香和肉香。我痒痒，但是两只手都被用来抱着她，我忍住不挠。

"你喜欢我什么啊？"我问小红烧肉。王大师兄说过，这种问题，只有理科生才问。他也问过成为他老婆的他们班的班花，班花骂他，没情调，没品位，没文化。可是我想知道，一个没有经过特殊训练的姑娘，如何从几百个同样穿绿军装剃小平头中间，一眼挑出那个将来要她伤心泪流日夜惦记的浑蛋。没有没有原因的爱，没有没有原因的恨，学理的需要知道论证的基础，没有基础，心里不踏实。

"眼神坏坏的，说话很重的北京腔，人又黑又瘦。当时的你，比现在可爱，现在比将来可爱。听说过吗，好好学习，天天向下？说的就是你的一生。当时那个样子，才能让人从心底里喜欢，我现在是拿现在的你充数，试图追忆起对当时那个北京黑瘦坏孩子的感觉，知道不？所以，你是条烂黄花鱼。"小红继续香在我怀里，闭着眼睛说。天更红了，人仿佛是在火星。

"那叫滥竽充数，不是烂黄花鱼。"

"我从小不读书，我眼睛不好，我妈不让我读书，说有些知识就好了,千万不要有文化。有知识,就有饭吃,有了文化,就有了烦恼。烂黄花鱼比滥竽好玩。"

"从心底里喜欢是种怎么样的喜欢啊?"我问。

"就是有事儿没事儿就想看见你,听见你的声音,握着你的手。就是你做什么都好,怎么做都是好。就是想起别人正看着你,听你聊天,握着你的手,就心里难受,就想一刀剁了那个人,一刀剁了你。就是这种感觉,听明白了吧?好好抱着我,哪儿来那么多问题?你这么问,就说明你没有过这种感觉,至少是对我没有过这种感觉。"

"我有。我只是想印证,我们在这个问题上的感觉像不像。"我说。

3

"秋水啊,妖刀说,从理论上讲,找女孩,一挑有材的,聪明漂亮啊。二挑有财的,钱多啊。你的标准是什么?"辛荑仿佛没听到小白说什么,问我。

"要是找老婆,我找可以依靠的,这样就可以相互依靠着过日子。我是想干点事儿,我也不知道是什么事儿,但是,这么一百多斤,六七十年儿,混吃等死,没劲儿,我初恋也要嫁人了,剩下的日子,我总要干点嘛吧?干事儿就会有风险,就有可能一天醒来，发现自己在讨饭。隔着麦当劳的窗户，看着辛荑吃巨无霸，我口水往肚子里流，我敲敲玻璃，跟辛荑比画，意思是，如果吃不了，剩下什么都给我顺着窗户扔出来，谢了。所以，看到东单街上要饭的，从垃圾桶捡破烂的，我总觉得是我的未来。所以，我要是有个老婆，我希望，她是我的后背。我要是有那么一天，她能跟我一起，拿个棒子什么的，告诉我，脑子在，舌头在，无所谓，我们可以从头再来。"

4

我哥总结，男人的一生是由几个重要的物件构成的：第一把刀子，第一个呼机，第一台电脑，第一张床，第一辆车，第一个房子，第一块墓地。我说，我不同意。男人的一生是由几个重要事件构成的：第一次自己睡觉，第一次梦遗，第一次自摸，第一次送花，第一次打炮，第一次结婚，第一次砍人，第一次挣钱，第一次偷窃，第一次游行，第一次头撞墙，第一次自杀，第一次手术，第一次大小便失禁，第一次死亡。我哥说，咱们说的没有本质区别，我更理性些，你更下流些。

5

柳青的信息随之涌入，风一样，流水一样，雾气一样，酒一样。

"我开始买新衣服了，下次带主任医生们去欧洲考察，我多买些花裙子，你喜欢什么颜色？"

"你睫毛太长了，得剪短，省得太招人。"

"总想给你留信息或者写信，在每一个想你的时候。然后总是会发现笔拙得厉害，然后总是要想起那句和你一起在车里一起听过的歌词：我爱你在心口难开。我已经过了能说动听的甜言蜜语的年纪了。"

"我在办公室，桌上有百合花，你在这个城市的不远处，但是我明天有个大单要谈，今晚要准备。你在申请美国学校，准备 GMAT 和 TOEFL 考试。我看见窗玻璃里，我隐约的黯淡神色，想起一个词：咫尺天涯。"

"我的毛病是不能不恋爱，在真爱面前忘记其他一切，重色轻其他一切。这会成为你的负担吗？"

"这次我将认真面对我的内心，审视直至深谙其中的奥妙。我不能不恋爱，但是我应该懂得如何安排生活，但是我渐渐梦到那个无耻的宿命，它说，爱，然后绝望。秋，你看得见吗？不懂悔改的爱情和河流的光？"

"爱便爱了，便是一切了，余者自有死亡承担。"

"昨天梦见，我开车，你坐在我右边，手放在我腿上，眼睛看着前面，我说去哪儿，你说一直开吧。"

"读完《不是我，是风》，黯然神伤，你还想写小说吗？你要是在《收获》发表篇小说，我就不患得患失，在剩余的生命里死心塌地给你洗衣煮饭。"

"我有过多次非正常的恋爱，或许这次也可以定义成非正常的。以前，我想尽一切办法和我的情人见面，通常是白天，我曾经和我情人说，我多么想和你一起看见黎明啊。秋，我们能一起看到黎明吗？"

"老天给了我一次青春，但是又把你给了我，你是我的青春，我永远的青春。你看的时候，满怀爱意看我的时候，你的目光撒在我脸上，我就会容颜不老。"

"世上所有的幸福都不是唾手可得的。我愿意去争取，我想你说，你相信我。我爱过不止一个人，不止几个人，每一次都很真心地对待。但这一次你让我感到的满盈的爱和依恋，从未有过。"

"你说你不能保证有一个稳定的将来，所以有些话你不能说。但是，我坚信你有勇气，你相信你自己。你相信你的将来。如果你爱我，你会说：'我爱你。我没有一个稳定而明确的将来，但是还是想问你，愿意不愿意把你的手给我。'我知道你没有时间和精力用在我身上，但是我却有很多时间和精力可以用在你身上。你不要太低估女人的牺牲精神。"

"夜之将深将静,一盏灯,一缕清风,一些些想你念你的心思。已经是最好。"

"你不知道,有时候走在路上,我会莫名笑出声来。那便是我想起你,觉得好开心。"

"真遗憾,你没能同来青藏,寄上的黄花是在西宁街上向一个老妇人买的。揣摩伊意此花叫'冬夏',取其冬去夏移,颜色不易之意。蓝色花是在西藏拉萨买的,你一定见过,毋忘我。"

"我不在北京的时候,照顾好自己,多看书,多写文章,多学些有用的玩意儿,多出去游耍一番,时间一晃即过。也可以和小红调笑几句,什么也不往心里去,也不在梦里呼唤她即可。"

"记得有一天深夜在燕莎南边的河边我们相拥而坐,我说,我一直觉得自己是为某种人而生的,就像你这种的。"

"恋爱的时候,一个人的时候,越美的景致越使人感伤,我总会想,要是两个人在一起该多好,你的时间全部是我的该多好。"

6

在北京,在王府井附近,清静意味着价钱。我坐在台湾饭店大堂咖啡苑,我初恋坐在对面,灰色的裙子,灰色的上衣,头发还是又黑又直,五官还是没一处出奇,按我老妈的话说,一副倒霉德行,典型的苦命相,我的心还是被一只小手敲击着,低声叹息。

原来我以为，上帝设计男人心的时候，仿佛照相机底片，第一次感光之后，世界观形成，心这块底片就定形了，就废了，吃卓文君这口儿的，从此一见清纯女生就犯困；吃苏小小这口儿的，从此一见大奶就像甲肝病人想到五花炖肉一样恶心想吐。我初恋让我知道，其实上帝设计男人心的时候，仿佛油画布，第一次涂抹，印迹最深，以后可以刮掉重画，可以用其他主题覆盖，但是第一次的印迹早已渗进画布的肌理里，不容改变。

"我们单位有两三个处长、局长真烦人。"

"怎么烦你了？"

"总是拉着喝酒，喝完总要去唱歌，老说我唱歌好听，人不俗艳，有个副局长说，那是一种说不出来的暗香浮动。"

"这副局长有文化啊，还知道暗香浮动呢，比那个穿着军大衣冬天到上海把你招回北京的处长有学问多了啊。"

"他是公司有史以来最年轻的副局长，他北京师范大学中文系毕业的。唐诗和宋词又不是你的专利，只许你用。"

"那你就暗着香，整天浮动着，熏死他，憋死他。"

"他老晚上打电话。其实，他挺清高的，他有权，随时可以批人出国，别人都变着方儿找机会和他多接触，多聊。我很烦，我不想他老给我打电话。"

"但是你又不好意思每次接电话都说，'你没毛病吧，别傻×似的穷打！要是工作的事儿，明天办公室谈好了。要是个人的私事儿，我和你没这么熟吧？'"

"他很清高的人，这样不好吧？"

"每次聊多长时间啊？"

"一个多小时，最长的一次从晚上十点到早上四点。"

我看着面前的咖啡，二十块一杯，加百分之十五服务费，是我一周的生活费。我听着我初恋在讲述她的困扰，我非常清楚地知道，这是一个非常简单、普通、古老的故事，一个有点权有点闲有点伤逝的中年男人在泡有点年轻有点气质有点糊涂的小姑娘的故事。我的心里一阵强烈的光亮，完成了人生中一个非常重大的发现，长这么大，认识我初恋十多年，梦见她五百回，第一次，我发现我初恋是个非常普通的姑娘，尽管冒着缥缈的仙气儿，但实际上有着一切普通姑娘的烦恼。我一直以为，她的烦恼仅限于行书学董其昌呢还是米芾，周末去西山看朝霞还是北海看荷花。

我说："不上不下最难办。要不就下，用屈原的方式解决，我不在乎什么出国、入党、提干、分房、涨钱，我独默守我太玄，过我的日子，心里安详，心里平静，不掺和这么多人事。要不就上，用渔夫的方式解决，我的暗香浮动就是枪杆子，先让这些处长、局长知道妙处，闻上瘾，之后，想再闻一下，先送我去澳洲，想再闻两下，送我去美国，想再闻三下，送我去欧洲。"

"你说了等于没说。"

"是吧。"我结了账,在金鱼胡同和我初恋微笑握手而别,是时风清月白,车水缓缓,我没要求送她回办公室,她自己朝东华门走去,我自己走回了仁和医院。

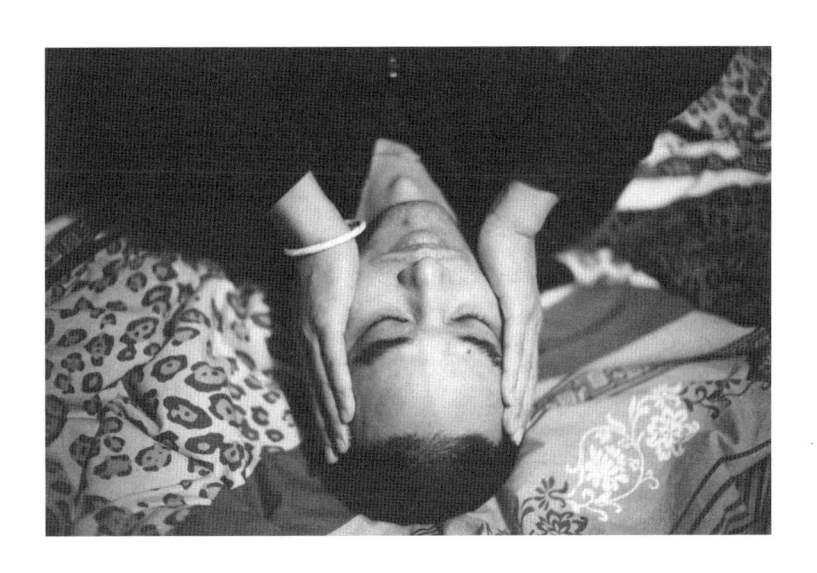

女神一号（节选）

1

田小明在下面嘈杂的人声中厌倦了人类，他不再往下看，抬起头，四下视野很好，太阳红着赶着落山，学校边上的小贩吆喝着赶着卖给放学的学生最后一点吃喝，杨树叶子迎了阳光，正面全是金色的，风过来，把一半的叶子翻过来，叶子的背面是毛茸茸的，也迎了阳光，毛茸茸的金色。风过去，树梢沙沙响，仿佛几个仙人在田小明头顶上走来走去。田小明忽然有些困了，身子斜倚一个树枝，双脚夹紧另一个树枝，歪在树杈上睡了。醒来的时候，田小明发现自己没掉到地上，地上什么人都没有了，小混混、老师、同学，哭声和骂声都没了，风也没了，杨树叶子从黄金变成墨玉，静静垂下，借着月光还能辨认出叶子正面和叶子背面的不同绿色。天上月亮大得嚓亮，大过路灯，亮过路灯，星星显得似有似无，但是细细看，还是一层层地向无尽的黑空里渐渐暗淡下去。田小明发现了自己在树上睡觉的潜能，原来他爸常常说他自己年轻时水性好，风不大的时候，能躺在水面上睡觉，梦见龙王和虾兵蟹将，田小明总是不信，现在他信了，他还能在二十几米高的树上睡觉呢。天再暗一点之后，夜空中的星星透出浅深的亮光来，似乎就在不远处开着，伸手可及。田小明眯着眼看这些星星，有些组合成狮子，有些组合成雪柳，有些竟能组合成李美琴的腰身。晃晃脑袋，这些组合还能在瞬间抹去，重新组合成新的动物、植物、女神的性感部位。田小明发现了自己想象力的潜能。"如果我再练练，我内心就能有个女神，何需身外的女神？"

王大力在之后的数年中一直和田小明反复讨论那次爬树、眼、耳、鼻、舌、身、意，各种细节信息。王大力总结了关于女神的四个基本假设：

第一，每个女神背后都是有很多男人的。

第二，这些男人会愿意为女神做出很多自己都觉得傻 × 的事儿。

第三，女神非常在意自己的公众形象。随着女神级别的提高，女神自己的真实愿望变得越来越不重要。

第四，悲剧女神处理不好下凡落地的问题，喜剧女神能处理好下凡落地的问题。悲剧女神的数量远远大于喜剧女神。

王大力把田小明送上去北京的火车，在车窗外，最后一句叮嘱田小明，"多找女人，远离女神"，田小明对于语言通常反应较慢，面无表情，王大力反倒眼眶湿润了。

2

田小明做了个梦，每个活在世界上的人其实都是一个司机开着一辆车，车就是肉身以及肉身引发的所有七情六欲。所有司机只能开自己那辆车，绝大多数的司机都认为，自己的那辆车是世界上最好最美丽最完美的那辆车，尽管，绝大多数司机不这么坦诚地说。只有极少的司机愿意承认自己的车不过如此，这些司机被定义为随和，更少的司机会偶尔说说自己车的毛病，这些司机被称为有金子般少见的自嘲和幽默感。几乎没有一个司机意识到，任何一辆车和其他车没有本质的不同，司机和这辆车其实没有必然关系，尽管司机不得不开它，它的欢喜和悲伤和司机没有绝对不可分的关系，它不是司机选的，它的所有傻×之处也不是司机定的，所有的设计、制造、销售和售后服务，司机一无所知，如果不通过殊胜的修行，也毫无控制。

3

软茵铺绣倚春娇,玉股情郎挑。金莲纤约牡丹莹腻,一看魂消。微瞬秋波娇不语,此景情谁描?难描只在云鬟翠解,桃颊红潮。

万美玉生日那天,田小明没送万美玉诗。田小明写了他最喜欢万美玉的十条,"你不是老问我喜欢你什么吗?我说喜欢你的一切,你说我敷衍你。如果具体举例,就是这十条了。"

万美玉逐条读了,呆了呆,然后说是这就是诗,田小明说不是,"这十条不是诗,对于我,诗的标准很高,你是诗,这十条是对于诗的勇敢而注定失败的描述。相非实相,具体什么意思,我说了,你不一定明白,我也懒得讲,你喜欢就好。"

照录"十喜"如下:

喜欢和你分一瓶酒。

喜欢抓你头发睡觉儿。

喜欢你对着镜子洗脸时从后面抱住你。

喜欢你在吵架后先服软,噘着嘴用手碰碰我。

喜欢揽着你的腰看夕阳下山。

喜欢我杀邮件的时候你自己一个人安静打游戏。

喜欢你感冒刚好就录歌给我听。

喜欢你生气不过夜。

喜欢你啥都会。

喜欢你腻腻地长长地叫爷。

万美玉愣了很久,说,你不喜欢我什么呢?田小明说,我虽然成长于改革开放的好时代,但是我听说过什么叫百花齐放和引蛇出洞。我不上你的当。我喜欢你的一切,没有不喜欢。

"给我讲讲这十个喜欢吧。"

"你都知道的。"

"我想听,我想听你讲,我想听听你的版本。"

田小明一边想一边慢慢地说,仿佛是从脑海里一勺一勺捞出一个个肉肉的句子:"喜欢和你分一瓶酒。你我三观并不相同,差异很大,你说我禽兽,我说你禽兽,我愿意跳开看,你不愿意跳开看。但是,两杯酒下肚,你就开始柔软,我也忘了三观这件事儿。酒打开身体中某套编码,你忽然漂亮了,我的眼睛忽然就不想从你身上移开了。再喝两杯,酒杯就比桌子大了,我们就泡在酒杯里了,身体软的,意志松的,魂儿比酒轻,漂在酒上,飘在你我身体上方,两个魂儿的尾巴缠在一起,头扬着,互相看着,仿佛肉体的映像。快喝干的时候,身体和魂儿的边界就几乎没了,你我的边界就几乎没了,兽性、人性、神性都掺和在一起,水成了酒了,酒也和水一样平常了,我们在彼此里面,哪儿也不想去了。

喜欢抓你头发睡觉儿。你头发很好,滑极了。我喜欢你背对着我睡，我身体从后面贴到你身上，皮肤最大面积接触。你头发有人间最美好的触觉，手抓上去，大脑一分钟之内失去意识，我试过多次了。我有个电子手环，能跟踪我的锻炼和睡眠，我有科学依据，从背后抓你头发睡觉，我睡得最好。

喜欢你对着镜子洗脸时从后面抱住你。从后面抱你，你的腰很细，两个髂前上棘硌手。虽然不能直接看到你的脸，可以从镜子里看到你的脸，还能看到我的赖皮脸，赖叽叽地蹭着你的脸。

喜欢你在吵架后先服软，嘬着嘴用手碰碰我。太不喜欢和你吵架了，但是毕竟三观差异太大，难免吵。随便吵吵，我就想拿脑袋去撞墙，不是我认定我的脑袋比墙硬，而是我不知道怎么办，言语无力，我脑袋敲击墙面的声音或许能更好地表达我想和你说的话。你是心疼我的，你明显还在气头上，你的胸都气大了两号，你的嘴嘬得可以挂大衣了，你还是用手轻轻碰碰我，你的意思是，哪怕我再气你，你还是喜欢我的。于是，我的气就泄了，仿佛被针捅破了的气球，剩下的都是对你的喜欢。

喜欢揽着你的腰看夕阳下山。天在要黑之前，夕阳落得似乎很慢，你说，总让你想起，对于好时光的留恋。我们不看彼此，我们彼此抱着，坐在窗台上，看夕阳下山。它忽然就下去了，然后就彻底不见了，只剩下一点点红黄的天光。你说，是不是一切都会失去，是不是美好的事情失去得越快？你什么时候爱上下一个姑娘?你什么时候忘记万美玉?我说,夕阳下山,是去睡觉了,它在睡觉过程中不会爱上其他姑娘,它明早还起来,起来还想照耀万美玉,照烫万美玉的屁股。

喜欢我杀读邮件的时候你自己一个人安静打游戏。你最大的好处之一是不黏人。只要你知道我在周围,我没给其他女生发短信,你就给我平静,让我杀电邮,杀公文,杀街面上砸到我头上的各种问题。

喜欢你感冒刚好就录歌给我听。你录音设备太差了,但是你的声音好听。你录的时候,想的全是我,我听得出来,你的声音流进耳蜗,心就满得说不出话来了。

喜欢你生气不过夜。你骂我说,田小明,你傻啊,就让人家气着啊,就得人家每次都哄你啊,你是男人,你要大气些,你不用给我讲那些道理,我都懂,你傻啊,你就不能放下三段论和科学研究方法,上来给我一个熊抱吗?熊抱你懂吗?就是我再似乎很生气、很不乐意,你也来抱我。就是我再挣扎、再咬你,你也不放手。

喜欢你啥都会。包括电脑和网络。你修好路由器之后,总会嘲笑我,但是这种嘲笑不科学,我会编程不意味着我会修路由器。

喜欢你腻腻地长长地叫爷。我也不知道为什么,你一叫我爷,我就全部满足了,世界就和我无关了,下一刻可以死了。

我觉得，这涉及老天造人，特别是造男人，编码最复杂最深刻的秘密。"

万美玉又愣了很久，等田小明的声音彻底消失，说："这是我收到过的最好的生日礼物。"

田小明说："还有更好的。"

"更好的就是年年我过生日都给我写诗，直到我死那一年？比更好的还好的就是年年只给我写诗，直到我死那一年，甚至到我死后？你如果能这样，你就好得令人发指了，我就不叫你男禽兽了，你就彻底升华了。"

4

他那赤黑的长脚闪进门里那一刻，万美玉就坐了起来。男人想要掩盖秘密的方法跟那只在猫砂里蹬两脚就企图掩盖排泄的猫一样笨拙。女人生来就为了察觉不能言语的婴儿而装了敏感雷达，婴儿想拉屎放屁吃奶冷了热了累了困了全凭母性敏感去体察，男人的雕虫小技她看着只是可笑。

万美玉把母性觉察力这件事当笑话和田小明讲，而且举例，说她非常明确知道田小明原来在上海有情人，这个情人住得距离这个公寓不远，这也是田小明没什么犹豫就选择了这个公寓的部分原因。

田小明没把这种母性洞察力当笑话听，问万美玉："你什么意思啊？你要干什么？你要干什么？你到底要干什么？"

已经吵了一个小时，类似的议题在田小明拉着万美玉私奔之后的六个月，已经吵了上百次。

"你和你诸多前女友为什么总是联系？"

"没联系啊。"

"没联系？没上床就是没联系？"

"偶尔发个短信也算联系？"

"偶尔？一天两三个也算偶尔？你把我当什么了？短信里总说那些暧昧的话！想你，爱你，打你。想你妈，爱你妈，打你妈。"

"哪有一天两三个？哪有说想你、爱你？"

"你少来，不服？你不服你把你手机给我，短信打开给我看。我可以给你我的手机，你敢给你我的手机吗？"

"我如果给你我的手机，你和白白露有什么区别吗？"

"田小明，你也四十多岁了，你《论一切》也有些年头了，你就从来不从自己的角度找找原因？难道都是你遇人不淑？你比我大十二岁，你看书也多，你看过一部短篇小说叫《麦琪的礼物》吗？这里面的感情，一直是我对于爱情的美好信念。为了心爱的人可以付出一切，哪怕是剪掉长发、卖掉怀表。但是在现实生活中，我却屡屡碰壁，总是对于爱情深深失望。我不愿意接受张爱玲的

如来

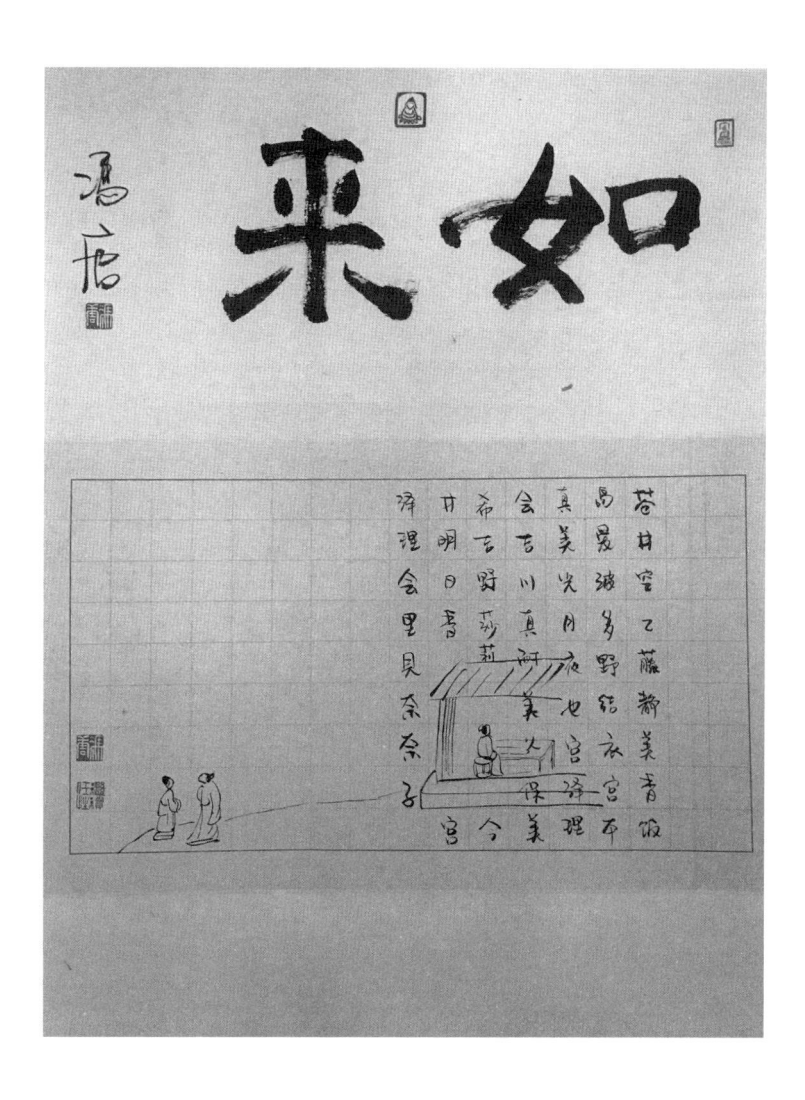

苍井空 乙藤静美 青饭
岛爱 波多野结衣宫 本
真美 尖凡 夜也
会古川真 河
希玉 野莎莉 美
甘明日香 人
泽理会 保 泽理
宫今 美
里见奈奈
子
宫

说法，爱情就是撞上鬼，但不得不承认，自己从未遇到过为了我可以卖掉怀表的人。还好，我天性乐观、正能量，每次都能拿出爱迪生发明灯泡的精神来对待爱情，这个不对，下一个，下一个不对，再下一个，一直努力，一直不放弃。所以，即使有过痛苦的经历，我的世界依然是明媚的。那个麦琪的礼物、那个神话，在我心里一直没变。"

"我大你十二岁，但是似乎教科书和教学辅助教材十二年来没怎么变。你是又一个被中国当代教育和美国《读者文摘》害了的姑娘，你对这个世界的理解有误差，可惜了一副好胴体。人性永恒，人生无常，这些，悟性再好的女生，不结个不愉快的婚、不精神崩溃一两次，是不会想明白的。"

"田小明，你个畜生，尽管我超级爱你，我还是那么爱你，我见过比你有钱有名的，比你帅的就更多了。我也想过，我迷你什么？想来想去，可能我心中的爱情就是两个人有说不完的话，心像一个人一样。至今，只有和你有说不完的话，我要这种感觉。田小明，你个畜生，在解决你我问题的方式中，讲道理和叹气是最没有用的。你可以夸我，或者坚持熊抱，你忘了？痛归痛，爱比痛好，我解决我们俩问题的办法就是：多，爱，你。就结了呗。我可爱吧？"

"我悟到了一定层次，很难装作我没明白。我这次抱了你，你不哭闹了，但是不从根本上解决问题。男女相爱就是彼此认定对方一定要怎样怎样吗？如果他不怎样，就会生气，就会问，他为什么不这样，他为什么不那样？"

"田小明，我要看你手机。田小明，我肯定会有小性儿、小委屈，可是我爱你，我善良，我没报复心。我小的地方做得不好，你别往大处想，我很简单和单纯的。等日子久了，你会发现，我是真心的，你就不会误会我了，你就会更爱我了，看，我傻吧？我坚信，聪明善良爱可以解决一切！别总提人性啊佛啊，那些太虚无。爱就像黑夜白天交替，像四季轮回，然后开花结果，非常幸福，我就是相信。"

"你记住，田小明，我闹，是因为我在乎你，我吵，是因为我爱你。你不要总威胁我，不要稍稍不满意就威胁要死、要分开。你要多多想想，一个正常女人需要的东西你能给一点儿吗？如果有一天，我像你一样的理智，不再为你任何禽兽事儿皱眉头，我就不是你的了。"

"我不会装糊涂，我没有受过如何迎合的训练，我不能装糊涂去迎合俗众的傻×之处。我理解和尚为什么出家了。作为整体，人类太傻×。作为个体，遇上一个不傻×的另一个个体，概率几乎为零。做个比喻，我知道了四位数加减乘除，遇上一个不知道一加一等于二的，而且一旦告诉她一加一等于二她就义愤填膺的，然后反复遇上类似的，我不出家，能怎么办呢？"

"你老说要拯救苍生，却连我的幸福和愉悦都给不了，这似乎就是矛盾的。你不珍惜你已经得到的，总想着没得到的，总眷恋前女友们，你说你近佛，其实也是放不下小我。"

吵到最后，田小明都只能问这两个问题。"你什么意思啊？你到底要干什么？"

"我没什么意思，我要你爱我，我要你只爱我，我让你和她们不要再联系了。""我爱你啊，我只爱你啊，我和她们不联系啊？！"

一刹间，田小明觉得头大，脑后有一只手，因为愤怒而变得巨大，推着他的脑袋往墙上撞。田小明听见自己脑袋撞到墙上的声音，感到刻骨的疼痛，但是同时产生悲愤的快感。脑后的手更加有力了，把田小明的脑袋往墙上摔得更狠了，墙在震动，万美玉哭了。

田小明说："我他妈的就是禽兽，我他妈的就不是人，可你找我干什么啊？你找天使去啊。求求你，放我一条生路。我什么都不要了，我要不起，这总可以吧？再好，我不要了，我想我自己一个人待着，我求求你了。"

田小明看到那只大手把通向阳台的门打开了，二十层楼下一片安详，没人没车。那只大手放开田小明的脑袋，牵着他的手，温柔地走向阳台。万美玉还在哭泣，那只大手使了使力气，田小明的身体就从阳台飞了出去。

万美玉听到阳台似乎有动静，几秒钟之后，一个物体沉闷的撞击地面的声音，万美玉蜷缩在墙角里，沉浸在自己里，直到许久之后，房门被敲响无数次之后，有人闯进来，说，刚刚有人从你的房间跳下去了，送去医院，不见得活得了。

十八岁给我一个姑娘（节选）

1

十七八岁的男孩，斜背一个军挎，里面一叶菜刀。腰间挺挺的，中横一管阳物。一样的利器，捅进男人和女人的身体，是不一样的血红。

那时候，杂花生树，群莺乱飞。激素分泌正旺，脑子里又没有多少条条框框，上天下地，和飞禽走兽最接近。但是，这些灵动很快就被所谓的社会用大板砖拍了下去。双目圆睁、花枝招展，眼见着转瞬就败了。有了所谓社会经验的我，有一天跑到南京玩，偶然读到朱元璋写莫愁湖胜棋楼的对子："世事如棋，一着争来千古业。柔情似水，几时流尽六朝春。"当下如五雷轰顶：我操，又被这帮老少王八蛋给骗了，朱元璋的对子白话直译就是：控制好激素水平，小心安命，埋首任事，老老实实打架泡妞。朱元璋是混出名头的小流氓，聚众滋事，娶丑老婆，残杀兄弟，利用宗教，招招上路而且经验丰富，他的话应该多少有些道理。

2

"你现在还小，不懂。但是这个很重要，非常重要。你想，等你到了我这个岁数，你没准也会问自己，从小到大，这辈子，有没有遇见过那样一个姑娘，那脸蛋儿，那身段儿，那股劲儿，让你一定要硬，一定要上，一定要干了她？之后，哪怕小二儿被人剁了，镦成片儿，哪怕进局子，哪怕蹲号子。之前，一定要硬，一定要上，一定要干了她。这样的姑娘，才是你的绝代尤物。这街面上，一千个人里只有一个人会问自己这个问题，一千个问这个问题的人只有一个有肯定的答案，一千个有肯定答案的人只有一个最后干成了。这一个最后干成了的人，干完之后忽然觉得真他妈的没劲儿，真是操蛋。但是你一定要努力去找，去干，这就是志气，就是理想，这就是牛×。"

那是一个夏天的午后，老流氓孔建国和我讲上述一席话的时候，背靠一棵大槐树，"知了"叫一阵停一阵，昭示时间还在蠕动。偶尔有几丝凉风吹过，太阳依旧毒辣，大团大团落在光秃秃的土地上，溅起干燥的浮尘。很多只名叫"吊死鬼"的绿肉虫子从咬破的槐树叶子上拉出长长的细丝，悬在半空,肉身子随风摇摆。

老流氓孔建国刚刚睡醒,赤裸着上身,身子还算精壮,但是小肚子已经渐拱,肚脐深深凹进去,脸上一道斜刺的刀疤显得苍白而慈祥。一条皮带系住"的确良"军裤,皮带上有四个排在一起的带扣磨得最旧,像年轮一样记录老流氓孔建国肚皮的增长:最里面一个带扣是前几年夏天磨的,下一个是前几年的冬天,再下一个是去年冬天,最外边是现在的位置。老流氓孔建国午觉儿一定是靠左边睡的,左边的身子被竹编凉席硌出清晰的印子,印子上粘着一两片竹篾儿。老流氓孔建国头发乱蓬蓬的,说完上述这番话,他点了根儿"大前门"烟,皱着眉头抽了起来。

我爸爸说,他小时候上私塾,被填鸭似的硬背《三字经》《百家姓》《千家诗》、四书、五经,全记住了,一句也不懂。长到好大,重新想起,才一点点开始感悟,好像牛反刍前天中午吃的草料。我爸爸总是得意,现在在单位做报告,常能插一两句"浮沉千古事,谁与问东流"之类,二十五岁以下和五十岁以上的女性同事通常认为他有才气有古风。这之间的女同志,通常认为他臭牛×。

当老流氓孔建国说上述这番话的时候,我一句也听不懂。我也是刚刚睡完午觉,脑子里只想如何打发晚饭前的好几个钟头。我觉得老流氓孔建国少有的深沉。说话就说话吧,还设问,还排比,还顶针,跟老学究似的,装丫挺的,事儿逼。心里痒痒、一定要做的事情,我也经历过,比如被尿憋凶了踮着脚小跑满大街找厕所,比如五岁的时候渴望大衣柜顶上藏着的萨其马,比如十五岁生日的时候想要一双皮面高帮白色带蓝弯钩的耐克篮球鞋。

所以现在我想起来后怕,如果没有老流氓孔建国对我的私塾教育,我这一生的绝代尤物将一直是便急时的厕所、萨其马和皮面高帮耐克鞋之类的东西。

3

我当时十七八岁,正是爹妈说东,我准往西的年纪。

搬进这栋板楼之前,我老妈反复强调,这楼上楼下,绝大多数是正经本分人,可以放心嘴甜,烂叫爷爷奶奶叔叔阿姨,给糖就要,给钱就拿,不会吃亏。他们家的孩子找茬,我可以自行判断,如果有便宜占,就放手一搏,别打脸,瞄准下三路,往死里打。但是有两组人物,我必须躲着走。

其中两个人物是一组,姓车,是朝鲜族的一对孪生姐妹,眉毛春山一抹,眼睛桃花两点。脸蛋长得挺像,一样的头发过肩,但是身材有别。一个小巧,跌宕有致。一个健硕,胸大无边。所以小的叫二车,大的叫大车。刚刚改革开放,大车、二车就仗着非我族类,奇装异服,我老妈的眼尖,看见她们"脚脖子上都戴金镯子,叮当坏响"。

大车、二车总是双宿双飞,她们驶进楼里的时候,我总是放下手里的教科书和作业本,蹿到阳台,扒着张看她们的奇装异服,看她们又拉来了什么人物,看她们一清二楚的头发分际,分际处青青白白的头皮,分际两边油光水滑的头发。当时还没有"海飞丝",劲松小区还是庄稼地,夏天可以在稻田里捉蜻蜓,武警官兵在周围养猪放羊。我洗头用一种"灯塔"牌的肥皂,涂上去感觉自己的脑袋像个大号的猪鬃刷子,但是我记得清清楚楚,大车、二车的头发没有一点头皮屑,茁壮得像地里施足肥料的油绿绿的庄稼。那种油光水滑,眼珠子掉上去,也会不粘不留地落到地上。我的眼睛顺着她们的头发滑下去,她们雪白的胸口一闪而过,我的心里念着儿歌:"小白兔白又白,两根鸡巴竖起来。"

那时候我爸是单位里的忙人,代表群众的利益,出门挣钱,常年在外。我姐姐是老实孩子,剃个寸头,促进大脑散热。用功无比,还是老拿不了第一,把头发剪得再短,也当不了她班上男生心目中的第一大牲口(学习好的女生都是牲口),于是头也不抬,更加用功。我老妈小时候是农民,长大混到城市当了工人,是国家的领导阶级。我老妈把劳保发的白棉线手套带回家,然后拆成白棉线,然后替我和我姐姐织成白棉线衣,一点风不挡,一点弹性也没有。我想如果织成内裤,一定能起到防止竖起来的作用,老妈的思路比我窄,总是想不到。我老妈拆棉线织线衣的时候,被拆的手套戳在一把倒过来的椅子腿上,她坐在对面,她穷极无聊,总想找人聊天。那时候的电视是九寸黑白的,老妈不爱看,她一三五说电视主持人弱智,二四六说电视主持人脑子里有屎。姐姐总在做功课,我妈就来和我贫,我可能臭贫了。我妈说,将来嫁给我的女孩子有福气,找了我,有人说话,不用看弱智电视,省电,一辈子不烦。

我妈说,安心功课,别闻见香风就蹿到阳台上去。我说,鸿雁将至,我保护视力,我登高望远,我休息休息,看看乘客是谁,看看有没有我爸乔装打扮混在其中,好报告我妈。我妈说,乘车的都不是好人。我说,乘车的好像都是街面上挺得意的人,不知道我爸够不够级别。我妈说,不许你搭理她们。我说,是人家不搭理我,人家是女特务,我才只是个红小兵,远不到红队长、红支书、红主任的级别,除非我腰里掖着鸡毛信,否则人家才不会摸我呢,我的级别差得远了。我妈说,人家要是就诬陷你腰里掖着鸡毛信呢?人家要是偏要搭理你怎么办呢?我说,我就喊"阿姨我还小"。我妈说,人家要是还搭理你怎么办呢?我说,我就喊"阿姨我怕怕"。我妈说,人家要是还搭理你怎么办呢?我说,我就喊"抓女流氓啊,啊——啊——啊"。

还有三双手套剩着,我妈的棉线没拆完,线衣没织成,就总是没完没了,警惕性很高。我还是个孩子,所以空气里永远有感冒病毒,街上永远有坏人,即使没有特别坏的人,也要从好人中确定比较坏的人,然后给他们戴上帽子,他们就特别坏了。

我像期待感冒病毒一样期待着坏人,得了重感冒就不用上学了,我妈也不用上班了,还给我买酸奶喝。酸奶是瓷瓶装的,瓶口罩张白纸，用根红皮筋绷了，喝的时候拿一根塑料管捅进去，噗的一声。医院里有来苏水的味道，老女医生老得一脸褶子，又干净又瘦像个巫婆，年轻女护士歪戴着个小白帽，遮住油光水滑的头发。她们通常用口罩帜住五分之四张脸，眼睛从不看我的眼睛，只是盯着我的屁股。碘酒在我屁股上丝丝蒸发，我感到一丝丝凉意，我知道那一针就要来了。心里说，赶快捅吧，你妈的，瞧你丫那操行。

但是女特务永远叼着烟卷抹着头油鲜艳在电影里，大车、二车始终也没有给我机会，让我高喊"抓女流氓"。

4

从现在看来，我和朱裳的关系是由短暂的相好和漫长的暧昧构成。

在暂短的相好中，我牵着朱裳的手，我们在广阔无垠的北京城行走。北京城大而无当，周围高中间低，好像一个时代久远的酒杯，到处是萎靡不振的树木，我和朱裳走在酒杯里，到处是似懂非懂的历史，我和朱裳走在黏稠的时间里。小时候，我们体力积累得无比好，我和刘京伟、张国栋每个周末骑车两个小时去圆明园，我们喜欢废墟，我们驮回过一匹石雕小马，我们透过草丛观摩乱石中男女大学生的野合。那些大学生真烂，他们的前戏像北京冬天的夜晚一样漫长而枯燥，女生总像庄稼一样茁壮，不畏严寒，男生总像农民一样手脚笨拙，两只大凉手一起伸到女生背后也打不开锁住胸罩的纽扣。那时候，我和朱裳从天安门走到东单走到白家庄，北京夏天的白天很长，在半黑半白中，我们在43路车站等车，说好，下一辆车来了就分手。来了无数个下一辆，好多人下车，好多人上车，好多人去他们要去的地方。在等待无数个下一辆的过程中，我拉着朱裳的手，她的手很香。朱裳看着我的眼睛，给我唱那首叫 Feelings 的外文歌曲，她的头发在夏天的热风里如歌词飞舞，她说我睫毛很长。后来朱裳告诉我，她之后再没有那么傻过，一个在北京这样自然环境恶劣的城市长大的姑娘怎么可以这样浪漫。我说我有很多回想起来很糗的事，但是想起，在我听不懂的外文歌曲中，握着将破坏我一生安宁的姑娘的香香的手，永远等待下一辆开来的43路公共汽车，我感到甜蜜和幸福。

在漫长的暧昧中，为了探明过去的岁月，我反复从各种角度了解朱裳在过去某个时候的想法和感觉，在各种方法中最直接的是询问朱裳本人。我最常得到的回答是："我不知道。"我尝试过多种心理学和精神病学的方法，比如故地重游，我牵朱裳的手，从团结湖公园假得不能再假的山走到姚家园、白家庄、青年出版社印刷厂，走到中学的操场，操场上的杨树高了，但是还是一排，领操台还在，但是锈了。我牵朱裳的手，在亮马河边，当时是春天，天气和暖，柳树柔软。我不让朱裳开车来，所以我们可以一起喝小二锅头。但是有了腊猪大肠,朱裳的酒量无边。酒精还是酒精,朱裳的脸颊泛红,我得到的回答还是:"我不知道。"

很多个小二锅头之后,朱裳说,在中学,她听不进课的时候、累的时候,都会不由自主地看我,认为我和别人不一样。教材、教参、习题集堆在我桌子上,堆成一个隐居的山洞,挡住老师的视线,我手里却常年是本没用的闲书。她觉得我是个真正的读书人,一个与她爸爸略相像的读书人。真正的读书人如同真正的厨子、戏子、婊子,身上有种与生俱来的对所钟情的事物的痴迷。书中的女人秀色可餐,书中的男人快意恩仇。书外如何,与真正的读书人无关。她喜欢看我脸上如入魔道的迷离,如怨鬼般的执着。我说:"是不是我长得像你爸就能娶到你妈那样的?"朱裳说:"我当时是年幼无知,看走了眼,其实只是你太瘦了,招眼,容易让人心疼。"我当时一米八零,一百零八斤,除了胸围不够,其他完全符合世界名模标准,张国栋有一阵子研究丰胸秘方,说他的方子只丰胸不增肥,问我要不要免费试试。我对朱裳说,女人或者复杂或者单纯,都好。但是,复杂要像书,可以读。简单要像玉,可以摸。当时的朱裳也不让解扣子,也不让上手摸,我能干什么呢?

更多个小二锅头之后,朱裳说,她原来也记日记,用一个浅蓝色的日记本,风格肤浅俗甜。日记里记载,她坐在我旁边,忍不住会在我专心念闲书的时候看我。她感觉到与我本质上的相通:"一样的寂寞,一样的骨子里面的寂寞。这种寂寞,再多的欢声笑语，再迷醉的灯红酒绿也化解不开，随便望一眼舞厅天窗里盛的星空，喝一口在掌心里的隔夜茶，寂寞便在自己心里了。仿佛他打开一本闲书，仿佛我垂下眼帘，世界便与自己无关了。这种寂寞，只有很少的人懂得。"我说我要过生日了，把你的日记复印一份送我吧，要不原本也交给我保留，省得被你现任老公发现后抓狂。朱裳说："不。日记没了，我看了一遍觉得无聊，就烧了。"朱裳除了手闲不住之外，还爱放火，酒店房间的火柴被她一根根下意识地点燃，房间充满硫黄燃烧的气味，朱裳除了有反革命手淫犯的潜质还有反革命纵火犯的潜质。后来过生日，朱裳送了我一个白瓷的小姑娘，戴个花帽子，穿一条白裙子，从脖子一直遮到脚面，好像个白面口袋，什么胸呀、腰呀、屁股呀，全都看不见。裙带背后的位置，系个蝴蝶结，蝴蝶结的丝带一直延伸到裙子里面，并且在一端坠了一个白色塑料珠子。因为裙子里面一无所有，晃动白瓷姑娘的身体，塑料珠子敲打裙子的内侧，发出叮叮当当的声响，使劲儿听，声音好像："我不知道，我不知道。"

朱裳说，从小，就有很多人宠她。先是祖辈、父母、父母的同事以及父亲不在家时常来做客的人。上了幼儿园，她便被阿姨们宠着，她的舞跳得最好，舞步迈得最大，她的嘴唇被涂得最红，迎接外宾和领导的时候，她站在最前面，她手里挥舞的塑料花最鲜艳。再后来是父母同事们的大男孩宠她。那些人，她从小就叫大哥哥。放学回来，他们会在单位大院的门口等她，或是直接去学校接她。几个大哥一起帮她对付完功课，大家就一同去游走玩耍。和泥、筑沙堡、挖胶泥，大哥哥们都很可爱，都懂得很多。大一些，哥哥们开始刮胡子，穿上皮鞋，皮鞋上开始有光亮了，他们带她去吃小酒馆，有服务员，用餐巾纸和一次性筷子。他们很有礼貌地让她先点菜，有凉有热，几杯啤酒下肚，便手里拿着空的啤酒瓶子，讲"朝阳门这片谁不认识谁呀，有哪个小痞敢欺负你，我们准能废了他。"怕她在他们不在的时候吃小流氓的亏，一个在东城武馆练过大成拳的教她一招"撩阴腿"，一脚下去，轻则能让小流氓阴阳不调，重则断子绝孙。有人抱起了吉他，红棉牌的木吉他，她听得入迷，仿佛有些烦恼和不知道如何表达的东西，吉他能讲出来。那时候都弹《爱的罗曼史》和《绿袖》。不冷的天里，几个人聚在一起，或弹或听，抽完五六包凑钱买的金鱼牌香烟，很快就过了一晚。哥哥们看到朱裳小妹妹听得泪流满面，脸上珠串晶莹，不禁心惊肉跳，明白这个小妹妹心中有股大过生命的欲望，今生注定不能平凡。虽然明白这个小妹不是他们所能把握，但是为什么心中还是充满荡动？后来有人放下了吉他，抱起了姑娘，说仔细抚摸下，姑娘弯曲的皮肉骨血也能弹出音乐，细听一样悦耳，说："今晚不行，出不来了，得陪老婆。"再后来，几个哥哥中最出色的一个看她的眼神开始不对了，试探着和她谈一些很缥渺很抽象的事。她开始害怕，大哥哥们不可爱了。

原来，朱裳还有几个相熟的女同学，可以一块骑车回家，一起写作业。女同学们也乐于在朱裳身边，分享男生们的目光，评论男生如何无聊。但是，渐渐发现，和她一起回家的女孩，单车总是会莫名其妙地坏掉，而且总是坏得很惨，没一两天的工夫修不好。女孩子的胆子总是小的，渐渐地，没什么女孩敢再陪她回家了，"安全第一，男孩第二"，她们的父母教育她们。

朱裳自己骑车回家，半路就会有男孩赶上来搭讪。

"一个人骑呀？我顺路，一块儿骑，我陪陪你好不好？这条路上坏孩子可多了，我知道你们中学是市重点，但是前边那个中学可是出了名的匪穴，白虎庄中学。别的坏中学，中学门口蹲的是拍女孩的小痞子，那个中学门口蹲的是警察。可你每天回家还不得不过那个中学门口，你又长得这么漂亮，多危险呀，是不是？我练过武术，擒拿格斗，四五个小痞子近不了身。你看我的二头肌，你再看我的三头肌，很粗很硬的。我天天练健美，每天我妈都给我煮三个鸡蛋，你这样看，看不到全貌，其实我脱了肌肉才更明显，腹肌左右各四条，一共八条，一条也不少。这并不说明我是个粗人，我学习很好的，心也蛮细的，我会画工笔画，山水人物，花卉翎毛，梅兰竹菊，都能应付，兰花尤其拿手。画如其人，心灵是兰心蕙质，画出的兰花才能通灵剔透。不是吹牛，不信周末你去我家参观一下，满屋子都是我的兰花画，感觉像是热带大花园。不是吹牛，我少数的几个毛病之一就是不会吹牛。我再告诉你一个秘密，我另外一个毛病是追求完美。所以我画兰花，一点点感觉不对，几米的大画，随手撕了重画，能让我满意的兰花，摆在家里，蝴蝶停到画上，蜜蜂停到上头，蜻蜓停到上头。也就是因为我追求完美，才会对你充满好感，你太完美了，人杰地灵，你老家一定不是北京的。不是你妈，就是你爸，一定有南方血统，不是苏州，就是杭州，才能生出你这么秀气的女生。我爸就是苏州的，我妈是杭州的，所以我才能出落得这么秀气，衬衫下一身肌肉但是挡不住我骨子里的秀气。你们家是不是住那个大院里？那幢红楼，四单元五层，右手那家？你奇怪吧，我怎么知道的？用心就是了。'天下无难事，就怕有心人'，我对你上心，我跟了你好久了，你在风里、花旁、雪里、月下都是那么美丽。我不是一个随便的人，我观察你很久了，也同时考察我自己的心，是不是一时糊涂，是不是鬼迷心窍，我的答案是否定的。我是充满激情而又理性客观的。你父母也是搞纺织的吧？兴许还和我老爸认识哪，我爸在纺织业可是个人物，没准今年就升副部长。虽然这样，我还是非常平易近人的，你如果到厂桥一带打听一下，我有好些小兄弟，没有不说我人好的……"

"……"

"交个朋友吧，我姓刘，刘邦的刘。别那么紧张，没人想害你。像你这样的女生，人人都想呵护你。"

"……"

"我不是流氓,我是四中的。"

"……"

"你没听说过四中?不会吧?虽然你们学校也是市重点,但是和我们四中比,就是小巫见大巫了。就像北京有好几家五星级酒店,但是都是中国自己评的,水平参差不齐,和真正的好酒店,比如香港半岛,Ritz-Carlton,是五星中的五星,你可以叫它超五星或是六星。我们四中就是市重点中的重点,也可以叫它超重点。我们四中创建于1907年,当时叫顺天中学堂,现在老校门还留着,特别像清华的老校门,我们学校上清华的简直太多了,太稀松平常了,厉害吧。后来改建了,一水的乳白建筑,教室是六角形的,我们坐在里面,光线可好了,感觉像是辛勤采蜜的小蜜蜂,飞在花丛中,好好学习,采摘知识的花朵。我们还有标准体育场,有游泳池的,夏天你找我玩,我带你进去,可大了,还没多少小流氓,死盯着你胸脯看。我们还有天文楼,天气好的时候,跑到上面,感觉'手可摘星辰',在那个地方,眼睛望望星空,心里想想像你这样的姑娘,一样的美丽,一样的高不可及,一样激发人探索的斗志,真是不能想象更合适的地方了。"

"我要回家。"

"是呀,我现在不是正送你回去吗?你平时一定很忙,看得出,你很爱念书。天生丽质再加上书香熏陶,将来了不得。这么着,周末吧,周末到首都剧院看戏去?我搞了两张票,'人艺'的《茶馆》，特别有味。"

"我要回家。"

"家谁没回过呀！天天回去，你不烦呀？《茶馆》是'人艺'新排的，不看枉为北京人。'二德子，小唐铁嘴，办个大拖拉撕，把京城所有的明娼、暗娼、舞女、歌妓都拖到一起……'"

"我要回家！"朱裳告诉我，她说到第三遍要回家之后，她想起了她大哥哥们教她的撩阴腿，她撩起小腿，踢在男孩车子的链套上，男孩连人带车滚到马路中央，对面开来的一辆小面的一个急刹车，发出刺耳的声音。朱裳收回腿，猛力骑过交叉路口。

黎晓亮 摄影

黄昏料理人

1

"我的手艺要比师父更好。"

拜师的当夜,雪霏做了一个关于未来的梦,梦见自己的手艺比师父更好。他在梦里笑出声来,还大声喊出了这句梦话。

雪霏被自己梦里的笑声和梦话声惊醒。

醒来,四下宁静。已经是后半夜了,月亮把床铺刷得月白,抬头望去,月亮比窗户还大,占据了四分之一的天空,圆圆的,像师父炸天妇罗的油锅,上好的油倒进去,月黄,比黄月亮还透明,火猛烧,油温上来,圆圆的油面上升起白色的烟气,比月光还缥缈。

一阵静寂之后,隔壁房间又响起窸窸窣窣的声音。

房间小,和隔壁的距离短,木结构的墙不隔音,雪霏听得非常清楚。

隔壁住着一对偷情人，男人在渔码头工作。每夜，雪霏下班之前，女人已经躲进男人的房间；每晨，雪霏上班之前，女人还不出来。尽管住得这么近，住了这么久，雪霏从来没见过这个女人。雪霏熟悉的只是她的声音。

　　除非喝得不省人事，通常，男人每晚都会睡女人。他俩碰撞，肉和肉发出沉闷而清脆的声音。声音持续一段时间之后，她不由自主地小声叫喊，全是没有具体意思的喃喃，构不成句子，像小孩儿刚会说话时自言自语的那些谁也不听谁也不懂的小孩儿话。雪霏听不出女人是痛苦还是欢乐。男人睡完，通常睡得很香，打呼噜。后半夜，男人起夜，尿完尿，通常会再睡一次。这次的时间比睡前的短很多，这次女人非常安静，不叫，只有肉摩擦肉的窸窸窣窣的声音。

　　估计雪霏的笑声和梦话吓到了他们。

　　等雪霏的房间没了声音，两个人就又窸窸窣窣地操了起来。

　　雪霏在这窸窸窣窣的声音中再次睡去。睡去之前，嘴里念了四个字："技胜于师。"

2

　　晚乙女哲哉师父是藩国人尽皆知的"天妇罗之神"。

　　晚乙女哲哉师父十三岁开始学徒，拜他爸爸为师，到现在七十三岁。

持山居传到他这辈,已经第六代,专门料理天妇罗。店的位置一直没有变,就在进出藩城必经的路上,出了城门往南走,不到五百米路西,店门口一棵很大的柳树。

持山居的格局也没有变。

进门很小的玄关,玄关墙上一幅字:"持山为寿"。小桌上一支瓷瓶,瓶里一只花。瓷瓶,每天不同;花,每天不同。

从玄关进去,是店的主体。围绕着一口炸锅,是安排紧凑的操作区。围绕着操作区,是一圈桧木吧台。沿着吧台十个座位,每餐最多招待十位客人,每个客人都能看到那口炸锅。

炸锅是第一代持山居家主置办下的,当时花了普通人家一栋房子的钱。

炸锅活得比历代家主都久。四十年前,晚乙女哲哉开始执掌持山居,炸锅传到了他手里。四十年来,他每天站在炸锅前,感受到上五代家主留在锅里的气息。不同的五双手,在铁锅的不同部位,留下细微的划痕。油热,开始炸天妇罗,他在油锅里看到上五代家主的面容和身形,看到他们炸的天妇罗的相同和不同。他们就活在周围,或者活在不远处,经常会回来看看他,回来的频率和他梦见他们的频率类似。

晚乙女哲哉站在炸锅前,距离吧台两拃半。客人坐在座位上,距离吧台两拃半,距离晚乙女哲哉三尺。多少代料理人反复摸索出,这个距离，人和人之间最舒服。

炸锅背后的墙上凹进半尺，沿墙形成了一个长长的龛，平行于地面，高度和客人坐下后眼睛的位置大致平齐。这个龛型空间，摆放着历代持山居家主收集的古美术。碎玉、瓷器、琉璃、砚台、青铜、石雕佛像残破的局部，每月换一次陈列，每月一个大致的主题，比如材质、年代、地域、禽鸟、瑞兽、团花、文房。

客人背后的屋外，是个很小的院子，草木繁盛。客人的眼睛扫过去，常常有看不到尽头的绿的错觉。

3

执掌持山居的四十年，每天卯初，晚乙女哲哉师父起床，去渔码头买海鲜；然后，去集市买蔬菜和调料；然后回到店里，和徒弟们一起收拾食材。

午初，第一台开始，晚乙女哲哉师父做天妇罗料理。

未初，第二台开始，晚乙女哲哉师父做天妇罗料理。

申初，第二台结束，晚乙女哲哉师父到二楼睡一小下。二楼藏了持山居历代家主收藏的古美术，剩下一点点地方，可容一个人身躺下。

申正，起床，晚乙女哲哉师父洗把脸，飞到五条街外的赌场，小赌三把。他飞的速度不快，但是真的是飞，脚跟比手指高，沿街的邻居都是人证。邻居里有一位书法家，每天看到晚乙女哲哉师父飞向赌场的欢快场面，每天用毛笔和墨描绘那种感觉，最终写出"雀跃"两字，一举成名。

赌博无论输赢，酉初，晚乙女哲哉师父回到持山居，晚上第一台开始。

戌初，第二台开始。

亥初，第三台开始。

子初，散场，晚乙女哲哉师父换了便装，在镜子前仔细梳头，带上心爱的软呢帽子，尽量帅一点，离开持山居。

天黑了。他天黑了不飞，小跑，到有妇女陪坐的居酒屋，喝茶，喝泉水。他酒精过敏，滴酒不沾，去居酒屋喝茶，喝水，给酒钱，给小费，和普通酒鬼们一样。如果那天持山居的生意好，三把小赌输得少，他就多喝几杯，多给点小费。偶尔还转场，再去另外一家居酒屋，再见另外一些妇女。

近十年，持山居的生意一直很好，小赌也输不了多少，晚乙女哲哉师父每晚都喝不少杯，给一个妇女很多小费。

妇女叫早桐光，十四岁出道，长驻山下馆，今年二十四岁，一直很美丽。

出道第一年，早桐光号称本藩第一美；十年之后，还是。远在江户的藩主亦有耳闻，常常说回来见识一下。

遇到早桐光之后，晚乙女哲哉师父晚上不再转场，长驻山下馆。

喝多，小便，回住处，冲个热水澡，睡三四个小时。又到了卯初，起了床去渔码头，新的一天开始了。

每旬休息一天，每年新年休息三天。其他的每一天，无论天气如何、身体如何、心情如何，晚乙女哲哉师父的四十年都是这么过的。执掌持山居之前学徒的二十年，也是这么过的，只是没有花酒，小赌偶尔。

"站在柳树下，戴着我心爱的软呢帽子，料理着鲜活的鱼儿，这样的光景，日日似春日啊。"师父常常和雪霏这么说。

雪霏听多了，觉着他的确是在做一个挺有诗意的工作。

4

自从说服贪恋繁华生活的年少藩主长住江户藩邸，在藩里，首席家老井上有二逐渐确立了绝对的核心地位。恨他的人也越来越多。

当上首席家老第二年，井上有二开始严格执行以下治理原则：

第一，在藩城里，所有人必须听他的。不听的，威逼、利诱、赶走、杀掉。

第二，在想象力所及的范围内，可能和他竞争首席家老的人不能存在。任何潜在竞争者，赶走，或杀掉。

第三，企图联系藩主或是其他外在力量改变藩城力量平衡的人，杀掉。

第四，帮助维持上述三项原则的人，给足容忍和好处——哪怕他们干了很多又傻又坏的事儿。

第五，无论遇上什么情况，坚持上述四项基本原则。

其实，井上有二从来没有总结过自己的五条统治原则。其他人也没有总结过，只是越来越感觉到这五条原则。

5

家老门胁佑一喝了一口抹茶，嘴里没什么味道。

他叹息了一声。

手里的唐物钧窑手把杯，一条早年形成的深深的裂痕从口沿儿深入杯底，虽然没有贯穿，虽然已经仔细金缮好了，还是让人忍不住叹息。太太已经习惯了他的叹息，没多问。

家老饮尽茶，反复看着杯子的伤口，嘟囔道："我不想走，也不想被杀掉啊。"

6

在第四代家主也就是晚乙女哲哉的爷爷手上，持山居变得世人皆知，在晚乙女哲哉师父手上，变成了传说。

天用云作字

尽管是同一口炸锅，和前五代家主不同，晚乙女哲哉尝试过他能找到的一切可以炸的食材，甚至在多数料理人眼里不是食材的食材，比如：很多种花、很多种虫子、很多种蘑菇、很多种草药。他还尝试过各种搭配、各种油温、各种摆盘的方式。

十年前，晚乙女哲哉师父炸尽全藩的物种，创立了"超理论派"，把天妇罗的菜单固定下来。终极菜单包括——车海老、沙锥鱼、鱿鱼、紫苏叶包海胆、白鱼、小香鱼、银宝鱼、海鲶鱼、雌鲔、鳕鱼白子、星鳗。从炸虾开始，到星鳗结束，每个季节，固定的食材七八种，随着四季的变化而变化的食材三四种。初春，白鱼；初夏，小香鱼；晚秋，海鲶鱼；冬天，白子。

尽管是油炸，一点都不腻，绝不会一咬一嘴油。食材被持续高温的面衣包裹，被蒸、被煮、被烤、被熏，蒸煮烤熏出的多种味道被面衣锁住；食材表面微缩水，味道浓缩，缩出来的水蒸发不走，反过来蒸、煮、熏、烤食材本身。

"这才叫原汁原味。" 晚乙女哲哉师父如是说。

海鲜之间，穿插一些蔬菜，也是四季不同。春天，山野菜，比如香椿、老刺芽；秋天，野生菌，比如松茸、松露。点缀的花和调料，又是四季不同。春天是花山椒和紫苏花；到了炎夏，备有特别的天妇罗酱汁，蓼草榨汁，配以昆布，出汁，加盐，有点酸，微苦，口感清爽。

所谓"超理论派"，意思就是"天下物种，好吃就好"，晚乙女哲哉师父如是又说。

"超理论派"也放弃了刻意的摆盘,把新鲜炸出的天妇罗,随意立在古董碟子上——"自然就是好看,"晚乙女哲哉师父如是再说。古董碟子都是世上独一无二,客人失手碰坏,就金缮,缮的次数多了,痕迹像树木枝条般繁复,像时间影像般若隐若现。偶尔,有客人会指着一条痕迹,说起某个晚上,吃了什么、喝了什么、聊了什么、碟子如何失手、破碎的声音如何渐渐在持山居里美丽地消失。

持山居的天妇罗价格贵,很贵。食客们列出了安慰自己的七大理由:

第一,又不是每天都吃。攒攒钱,三个月吃一次,还是可以接受。

第二,价格中三分之一是食材钱。这些食材如果自己去买,一定比晚乙女哲哉师父买的贵很多,还有可能买不到。即使买到了,家里的油锅也不够热,手艺就更别说了,怎么也做不出晚乙女哲哉师父的味道。

第三,晚乙女哲哉师父已经七十三了,每次看他炸一个时辰天妇罗,内心就宁静一个时辰。

第四,晚乙女哲哉师父也没积攒什么钱财。三分之一花在食材上,三分之一花在员工和房屋上,三分之一花在古美术、赌博和早桐光上,实在没什么积蓄。去持山居吃一顿饭,就算是对他的烟霞供养了。

第五，你不去，还有其他人去。你想去，还不一定订上位。

第六，一段时间不去，会想吃，会很想吃。

第七，晚乙女哲哉师父敬业。父亲去世时，他上午参加葬礼，晚上回来炸天妇罗。做包皮切割术的第二天下午，他回到持山居准备食材。他是怕我们这些食客等得太久啊！

晚乙女哲哉师父更愿意把自己的流派称为"今日流水派"。每一席天妇罗宴，都是一缕流水，一枚一枚天妇罗落肚，就像屋外不远处的鹅川，经眼飘过。

"不是吗？最令人伤感的是流水，最美的也是流水，最好的珍惜方式就是享受今日的流水啊！持山居每天的天妇罗，就像当天的美丽流水，向您流淌过来。"

7

自从做了井上有二的贴身侍卫长，鸟居龙藏戒掉了很多爱好和享受，既不再喝大酒，也不再喝花酒，只有一个习惯照旧保留——每月下旬第五天，雷打不动，坐在持山居吧台最靠里的角落，吃一次晚乙女哲哉师父的天妇罗。

"如果我做天妇罗，我会成为晚乙女哲哉。如果晚乙女哲哉学武，他会成为我。我看他做天妇罗，我学到很多，我的武功精进了很多。"

他如是训诫武馆弟子。

8

藩城修葺工程在有条不紊地进行。

家老门胁佑一路过刚刚修好的大殿，看到周围又搭起施工的架子，不顾腿脚不便，执意爬了上去。工人正在清理瓦缝里的灰浆，原来，刚修好的屋顶又漏了，需要返工。清理出来的灰浆堆在一旁，颜色和门胁佑一熟悉的常用灰浆不同。

看到工人里有个面孔眼熟的，门胁家老叫道："权五，你不在田里收稻子，跑到大殿顶上做什么？"

叫权五的男人停下手里的活儿，一句话不说。

门胁家老派随从去请丹玉中老。丹玉织秀是藩里的中老，组织过几个大型工程建设，三年前被幕府借调到江户重修浅草寺，回藩后一直赋闲。

大殿前，门胁家老和丹玉中老面无表情，相互看了一眼，又看了一眼，再看了一眼，同时微微摇摇头。家老示意中老，一起沿着鹅川方向走。

9

樱花季即将过去，鹅川两岸的樱花树枝影婆娑，纷繁的花瓣一半陷进泥土，一半贴在地面。鹅川不宽，水急，水声喧哗，家老和中老走在河边，头肩被花瓣遮披，话声被水声淹没。

"你看到大殿的情况了吧？几个月前还在种田的农民，现在修葺藩城最重要的建筑。用的材料也完全不对，等级低了太多了。"

"在藩里，花大钱的地方，都由井上家老安排人负责，这个大工程当然也是。因为还有大监察，大工程一定要满足两个条件。第一，造价不能贵，至少不能比以前贵。第二，不能不挣钱，否则没有好处分给跑腿的官员。这些官员也是花了钱才当上的，需要收回成本，捞取利润，还需要钱维护自己周围的官员。于是，经手人买最便宜的原材料，找最便宜的施工队，施工队找最便宜的工人。人工、物料与预算之间的差价，就是各个环节可以安排的利益。"

"事情是一步步才走到今天这样的，惯例是井上当了首席家老后形成的。表面看，一切正常，打开看，全烂了。"

"可是，各级官员都念井上家老的好处啊。他们挣到了大钱。"

"他们都怕井上。井上随时可以有选择地查这个系统中的任何一个人，查不出事儿的可能性为零。对于井上有二，这个体系里的所有人，都是又爱又怕。他想干什么就干什么。"

"最惨的是藩主和百姓！这块土地越来越不美好了！"丹玉织秀叹息。

"我不想再等下去，也不能再等下去。再这么下去，藩里就没有人能对井上有二做任何事情了。到那时候，只有等待天谴来收拾他了。但是，这个等待非常漫长。你知道吗？某些人对这个世界最大的贡献，就是早点死掉。你是对的，最可怜的是藩主和百姓。我们吃了这么多年俸禄，也应该为藩主和百姓做些事儿了。你说，井上有二到底是什么人啊？拼命压榨，坏了当下的人心。他们这一辈儿过去了，子孙呢？我们的子孙怎么办？他们为什么这么恨这块土地和未来的子孙，毁之唯恐不及？！"

丹玉织秀握紧拳头："我们早就在等您这个决心了。这样隐忍地活着，还不如玉碎。"

可是，井上有二知道很多人恨他，把自己保护得很好，从来不让无关的人靠近身边，睡觉时也一样；几乎从来不离开官邸，几乎没有任何爱好。他的周围随时都有十个以上顶尖武士，侍卫长鸟居龙藏更是藩里第一高手。

门胁佑一说："过去几年，我们的高手被赶走的被赶走，被杀的被杀。这样的行动需要十几个人，我们没有那么多武士可以信任。"

一枚花瓣落在袖上，丹玉织秀眼睛一亮："每年樱花落得最凶的那天，井上有二都会散步一个时辰，沿着鹅川樱花最灿烂的一段。这一个时辰，他尽可能孤独，他觉着比去任何寺庵都凝神。一年里，只有这一个时辰，他的身边没有被护卫环绕。"

"可是，即使在这个时辰，鸟居龙藏也会在他看不到的地方远远跟着。"

鸟居龙藏是黑密宗派的创派宗师。开山立派之前，是大野短刀的第一高徒。整个藩里，一对一，没人能赢他，即使两个顶尖高手的袭杀，胜算也是一半对一半。过去的十年承平，武士们没事儿做，只能杀狗、杀鸡、杀鱼，练刀练胆。而鸟居龙藏成长的那些年，正逢乱世，藩阀攻战，他的刀是从死尸堆里实战出来的。

"必须想个办法，让鸟居龙藏在那一个时辰里消失。如果做不到，我们就在自寻死路。"

10

雪霏做了晚乙女哲哉师父十二年的学徒，学了十二年的手艺。

雪霏记得，第一天面试，他觉得师父长得很滑稽，笑起来，嘴部表情夸张，仿佛是从古画上面直接走下来的，很和善，很陈旧，很遥远。

雪霏问了一下持山居的工作性质。师父说，和其他料理店没什么两样，就是要做得精细些，"因为要做得精细些，要辛苦，零用钱也多些。"

雪霏问了一下零用钱，不是多一些，而是多一倍。雪霏挺满意："如果您对我满意，我可以马上上班。"

"我这里零用钱多，但是也会累啊。"

"我年轻，不怕累。也没有女人，留着力气也没地方使。没有女人，力气留多了也是徒增烦恼。"

"你最喜欢这里什么啊？"

"我喜欢听油在天妇罗炸锅里的声音。噼里啪啦，好像雨水落在屋顶上。"

师父说："那你就明天来上班吧。"

11

子夜，最后一场天妇罗结束，晚乙女哲哉师父觉得格外累，左胸前隐隐发紧。

"年岁大了，明天下午不去赌钱了，多睡一下啦。"

洗手，慢慢洗脸，精神好了些，对着镜子，拿着梳子，仔细梳了头，晚乙女哲哉师父往山下馆走。尽管累，他还是想和早桐光坐一坐，喝杯水。昨天，早桐光告诉他，在京都的西阵定做的和服送来了。他想坐在近距离，细细看看。

长时间站着准备食材、站着炸完天妇罗之后，他最喜欢坐在两个地方。一个地方是持山居门口的大柳树下，另一个地方是早桐光身体的左侧。这两个地方最让他舒服，第二个地方给他更大的滋养。

距离山下馆二十步，已经望见门口的灯笼，两个武士拦住晚乙女哲哉师父：山下馆今晚包场，闲人免进。

这样的事情，还没遇到过。

12

家老门胁佑一对早桐光说："我需要你帮一个忙，整个藩国需要你帮一个忙。"

早桐光满上一杯酒，递给家老，正坐而答："您需要我做的，我一定尽力。整个藩国需要我的，我很可能就做不到了。我只是一个小女子，和鹅川里的鱼，和山下馆门口的枫树一样，没有本质区别啊。"

门胁佑一早已听过早桐光的艳名，今晚却是第一次见。鼻子里吸到的空气似乎甜美很多，房间里的光线似乎明丽很多，自己所有动作的节奏都慢了下来，每个动作似乎都在跳舞。

门胁佑一干了杯子里的酒，看着早桐光的眼睛，说："我的人翻阅了藩里几家最好的居酒屋的记录，也翻阅了你的陪酒记录。你最勤奋，每天都工作。藩里有两个人，在你身上花的钱最多，一个来得次数少一点，一个几乎天天来。一个亥正来，一个子初来。"

早桐光低下头:"大人费心了。不用翻这么多记录,您直接问我就好。亥正,鸟居龙藏来,子初,晚乙女哲哉来。"

"你很坦诚。"

早桐光还是低着头:"在智商这么高的您面前,我越老实越好。"

"拜托你的事儿并不复杂。后天,鸟居龙藏来。他要走的时候,你多留他一杯酒的时间。他后天要走的时候,你说,等一下,我换一套西阵和服给你看,你是第一个看到我穿新和服的人。我已经把西阵的和服带来了,很好看。"

早桐光还是低着头。

"对你来说,这件事不难。其他的,都和你没关系。你说了之后,他留不留,留多久,都和你没关系。"

早桐光抬起头:"大人,鸟居龙藏是我的衣食父母,人高马大,我觉得他能带我去最高的山、最远的湖。至于其他,我并不了解。我在西阵定做的和服也刚刚送到。抱歉啊,我不能答应您。您涉及的事儿,一定非常复杂,我的智慧理解不了,所以,我不参与。"

"我来了,开口和你谈了,你就已经参与了。你已经知道得太多了。"

早桐光的头还抬着:"大人,您是想让我消失?那么,鸟居龙藏后天来了,找不到我,他会怎么想?"

"你说的有道理。但是你还是知道的太多了。"

早桐光低下头:"大人们的事儿,我哪里能搞明白。如果不是脑子不好使，只有七刹那的记忆，我怎么会活到今天？虽然脑子不够用，但我喜欢我自己，我也喜欢鸟居龙藏。我希望他好，至少不因为我而不好。至于其他，我会做好我自己的。大人如果不放心，我也没办法。我再陪您喝一杯吧，您实在是太辛苦了。"

13

雪霏跟晚乙女哲哉师父学徒十二年，师父没让他在正常营业时间碰过一次那口炸锅。只有每旬休息的一天和每年休息的三天，雪霏可以用那口炸锅，做点天妇罗便当，便宜地卖给平时吃不起的客人。

零用钱是其他店的一倍，工作时间却是其他店的两倍。雪霏没抱怨一句，恨不能尽量压缩睡眠时间，尽量在持山居里多待半刻。雪霏反反复复从各个维度研究持山居的细节：食材、面粉、油、温度、时间、手法，每次能上炸锅操作，就尽量模仿，有机会就和熟悉的客人印证。

"我和师父差在哪里了？"雪霏一边做便当，一边问。

"你炸的虾放到吸油纸上，啪啪两声响。你师父炸的虾放到吸油纸上，啪啪啪三声响。"等便当的客人随口答道。

雪霏精心做了一个便当，送去给月经来了第二天的早桐光。

早桐光道了谢，趁热吃了一口，问："你师父病了？"

"你怎么知道不是我师父做的？"

"我知道是你做的。你太着急，太体贴。你担心我痛经，没胃口，肚子饿，虾还没到最完美的时候，你就起锅了。你是个心地善良的人。你太照顾其他东西了。在那口炸锅前，除了做出最完美的天妇罗，你师父不想任何其他。包括其他人、其他事儿。包括他自己。包括我。"

"你说师父为啥来居酒屋啊？他又不喝酒。"

"喝酒可以在家喝啊，在持山居关起门来自己喝啊。为什么要到山下馆找我喝水？"

"说得也有道理！我一直想不通，师父为什么把钱和时间花在你身上。你很美，但是天天看也就那样了吧？"

早桐光笑了："雪霏，你好可爱。你是不是常计算你师父在我身上浪费了多少个海老天妇罗挣的钱？"

雪霏脸红。

"我的胴体和心神每天都在变化，和鹅川的水一样。不一样的是，鹅川两岸每天开不出不同的花，我每次见你师父，都换一套新的和服，都和他聊点新的话题。从这点看，我比鹅川的流水和四季更丰富和美好。我的每天变化，也有很高的成本。我每天洗脸的水，都是从江户运来，一点不比持山居的食材便宜。"

雪霏惊诧。

"不好色的男人成不了大师，因为不好色的男人体会不到极

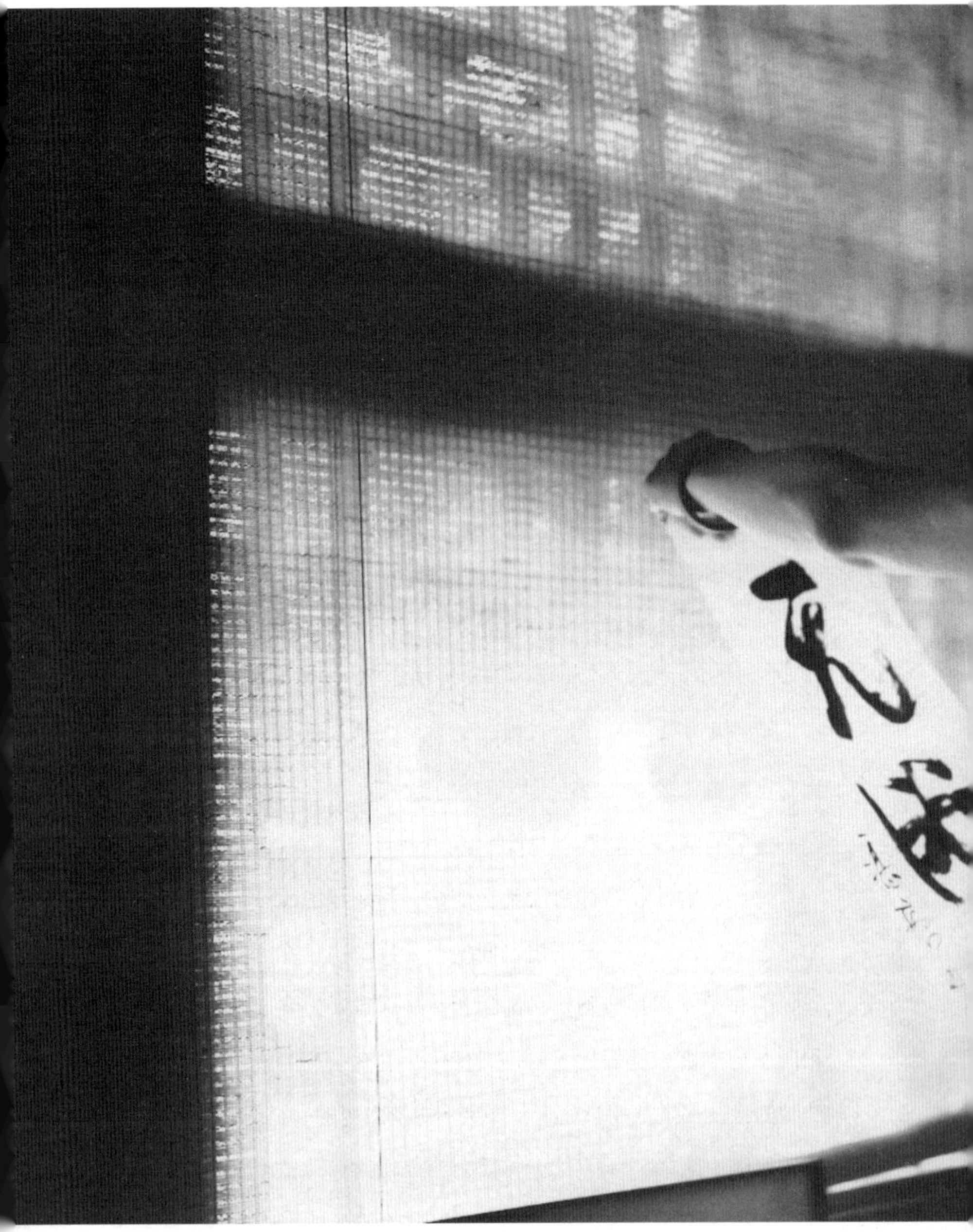

天用云作字

致的美、苦、孤独、趣味和狂喜。雪霏，你要记住我这句话。"

雪霏眼神散漫。

"我再给你倒杯酒好不好？喝完回去帮你师父招待客人去，酉初那台的客人应该快到了。你师父滴酒不沾，真是一个遗憾。你师父好色，你好酒。如果又好酒又好色，你做的天妇罗就可能比你师父做的好吃了。如果在好酒的基础上，你和你师父一样干净、认真、持久地好色，你会技胜于师。"

14

听着早桐光慢慢说着似乎含义复杂的话，雪霏的脑子没有去思考。

雪霏的眼睛里，早桐光还在痛经困扰中的胴体开始摇曳，仿佛花树就要开放，仿佛她每多说一句话，他距离满树的花开就更近一点。

不用思考，他就知道她是对的。

不想思考，他想一直听她说话，直到花开满树，再开满树。

走出山下居，雪霏深深吸了吸空气。空气里都是樱花和梨花混合在一起的味道。

15

家老门胁佑一说:"晚乙女哲哉师父,今日的流水天妇罗实在是太好吃了。我实在想不出,如何还能更好吃。"

晚乙女哲哉师父露出灿烂的笑容:"您平时太忙了,脑子里装着全藩的事儿。我今天找到了一种好食材,好几年都没见过了的,您要是能再多待片刻,我做给您尝尝。您吃过或许会认为,刚才吃过的天妇罗还是可以被超越。我很想在八十岁之前,再多试试更罕见的食材。"

门胁家老多待了一个时辰。吃完这枚新炸的天妇罗,他沉默了一刻钟,回想天妇罗的味道,仿佛在听一声神奇的鸟叫在空气中一寸寸消失。

家老问:"这是什么?"

"这是黑松露白子天妇罗。"

"在你这里,我吃过这么多年这么多次,从来没吃过这样的美味。人间怎么会有这样的滋味?怎么做的?"

晚乙女哲哉师父回答:"这枚天妇罗做起来麻烦,材料又贵。把白子切两片,蘸鸡蛋黄,夹一片厚厚黑松露在当中,放两刻钟,黑松露的味道才能深入白子的肌理。料理时,面糊比常用的厚三倍,油温沸到一滴可以烫出铜钱大的疤。"

"为什么以前没有?"

"因为黑松露要切厚片，合适的很少。食材成本高，提前准备至少两刻钟。客人如果不点，我就很麻烦，总不能自己吃掉吧，罪过罪过啊。所以，我极少做。"

家老又沉默了很久，说："这枚天妇罗好吃到神畜合体，已经超越了语言表达的界限。明晚我的好朋友鸟居龙藏也会来你这里，也请给他做一枚吧。他最近非常辛苦，他应该尝尝。钱算我的，我现在付账。"

晚乙女哲哉师父的笑容更灿烂了："不用您给钱。鸟居龙藏大人照顾我生意很久了，他很懂我。明天，我会给他做这枚天妇罗，他不应该错过这种美味。错过这次，下次不知道什么时候才有。"

16

鸟居龙藏吃完那枚超越语言形容能力的天妇罗的时候，首席家老井上有二缓步在鹅川左岸的樱花树下。

他非常享受这片刻超越语言形容能力的孤独，无尽的大团大团樱花瓣随风落到地面的孤独。尽管他知道，在某片看不见的树叶上，或在某片稍厚的云团里，鸟居龙藏像鸟，像龙，尾随着他，他依旧试图把这一刻想象成空无一人，绝对孤独。

鸟居龙藏起身告别晚乙女哲哉师父。夜色笼罩藩城和鹅川，风不大，持山居门口的大柳树突然抖动得厉害。

从樱花树上、流水中，两个人飞起，两把刀同时刺入井上家老的身体。

17

井上有二遇刺，家老门胁佑一升任首席家老，中老丹玉织秀升任家老，重新主持藩城的修葺工作。他找来最好的工匠，不惜工本，希望修葺之后，藩城能再用上一百年。

井上有二遇刺当晚，鸟居龙藏剖腹自杀，用的是他最常用的短刀，没费什么力气，也没多少痛苦，就像坐在鹅川畔樱花树下，等待试新衣的早桐光。

早桐光依旧留在山下馆，只是再也不换新衣了，身上一直穿着最后一次见到鸟居龙藏时的那件和服。

晚乙女哲哉师父戒了赌博，每天下午一直睡，不再飞行，子初去居酒屋，开始喝酒，酒量竟然一点点变大，但是不再坐在早桐光身边，而是坐在更年轻的小姑娘身边。

每月的后半月，师父让雪霏炸天妇罗，自己躲在二楼睡觉，睡美了或者睡忘了，晚上连居酒屋都不去了。

客人们渐渐有了共识，后半月的持山居更好吃。已经著名的书法家写下四个字，送给雪霏：

技胜于师。

七

诗歌是世上的盐

我的长相平庸而粗糙,
但是我的内心精致而细腻。
我和老流氓说,
别看我长得像个杀猪的,
其实我是个写诗的。

短暂

今年冬天特别冷特别长
冷到长到
我差点对自然规律都失去了信心
不相信春天真的会来临

时间轴放短
似乎
真总输给假
美总输给丑
善总输给恶

但是短暂毕竟短暂
春天似乎总会出现
真善美似乎总是笑到永远

速度

刚想看看风就起了
只好回家了

刚想摸摸你就笑了
只好也笑了

刚想动心就怀孕了
只好结婚了

趁

趁你风韵犹存
多看了你好几下

趁着你喝大
说了一些醒来不该记得的话

趁今晚月色光滑
你头发光滑
没想任何其他

酒后无题

如今牧野有云
如夕明晨有雨
杨树和山川辽阔
你和我没有过错

爱情

在一起就一切都对
一切

不在一起就一切都不对
一切

一起

想和你在海边
一坐一夜
一日千年

就这样看你用所有眼睛和所有距离就像风信子展又远

就这样去你用所有开岩和所有记忆就像云聚了云又去

中药

世间每种草木都美
人不是

中药很苦
你也是

说话的爱情

你问
什么是爱情啊

"爱情?是一球肉吧?
有的人没有球
有的人有个弹球
有的人有个篮球。"

你说
"最喜欢云彩
毫无未来
一段只有两个人的现在
宝贵到干什么都是浪费
白天看云彩
晚上躺在一起
发呆
说话
做爱
把你抽干。"

我说
"有些树叶
秋天就落了
春天再长出新的来
人们管这个叫变心
我的教育管这个叫凋亡
癌的产生缘于凋亡的失灵"

我问
什么是爱情啊

"就是见面欢喜
不见面想念
宽容和慈悲"

爱

我不是自恋
我是爱人类
我不爱妇女
我只热爱你

私奔

那是爱
那是癌
那是如来

周处

像你我这样的邪逼
老天野合降生大地

来开几扇门
来挖几座坟
负责贡献本能
不管抚慰灵魂

我们是世人最好的朋友
我们是世人最差的情人
我们彼此相爱
就是为民除害

当年不该种相思
一种一寸舍利子

最喜

一个有雨有肉的晚上
和你没头没尾分一瓶酒

小二

不是想喝大
是想喝大了不怕
然后和你说话

简单

生活简单
思想龌龊
每天除了干你就是干活

算术

你大于我,大于眼前,大于王国
你小于你,小于森林,小于井底
你等于道,等于爱情,等于生命

无有

无客
听到心房的滴答
难道又是你吗

有风
闻见头发的沉香
难道全是虚妄吗

无客尽日静
有风终夜凉

你

人分两类
是你和不是你
时间分两类
你在的时候和你不在的时候

为什么多数情况下
来的不是你
你不在

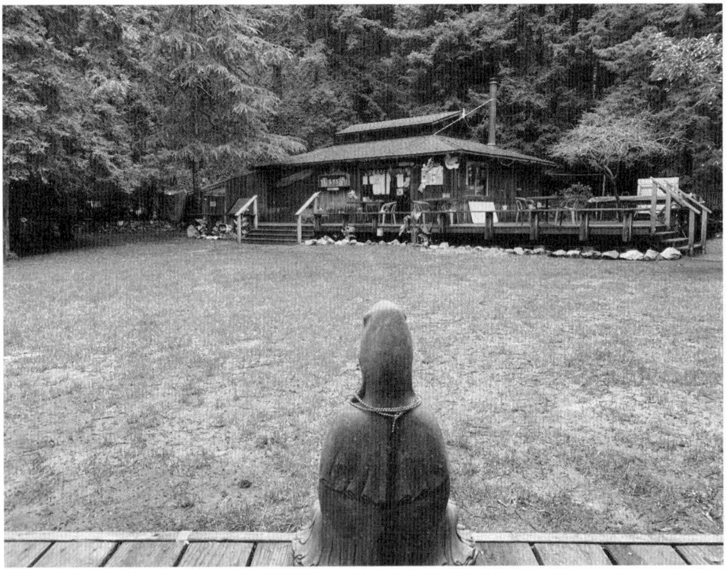

无题

深圳,雨
北京,雨
昆明,雨
不见你,到处是雨

无题

没想到秋天帝都的柳树可以这样绿
没想到这么多年了想起你还会下起雨

无题

你那么大地铺开
我那么荒凉地醒来
小麦之外
七千年以来
姑娘老去
浑蛋常在

无题

知道你在北方海边,一时,啤酒、贝壳和冷风。想起一时之间、多年以来浪费的妙人、好花草,于是诗:

你是一夜一夜排开的酒
一夜一夜一个人白白流走

还在

六九冰开
七九燕来
你是立春之后一树一树的花开

这么久了
这么忍了
这么简单的梦里你不容分说地还在

致女儿书

煲汤比写诗重要
自己的手艺比男人重要
头发和胸和腰和屁股比脸蛋儿重要
内心强大到浑蛋比什么都重要

诗歌是世上的盐

糖

你走进我的房
你看了一眼我的床
水杯子里扔进一粒糖

大于

微观永远大于宏观
你永远大于人类
今天永远大于永远

生活

生活没这么复杂
种豆子和相思或许都得瓜

你敢试
世界就敢回答

绽放

"以前没觉得你这么淫荡"
"我几乎从来不绽放"

占有

我想握你的右手
在一条走不完的路上走

不是占有
是暂有

轮回

采血
深处采血
医生说
这嘛儿兴许是癌啊

腻着
想更腻着
心说
这嘛儿兴许是爱啊

向死而生
向悲催而爱
你说
纠结就纠结吧
否则就不是爱了吧

沉香

沉你在心底
偶尔香起你

顺序

我的优先顺序是
党、国、你、责任，你、你、你

后海有树的院子
夏代有工的玉
此时此刻的云
二十来岁的你

明天和生命尽头常常清晰可见
时间折蝶
春花晃眼

一条鱼在嘴里有了初夏的味道

户外柳絮飘

初夏有了你的味道

隔了十年才又见面的很多人
透过今春的海棠看过去
恍惚来生转世

那些第一眼就坚定地爱上我的人啊
我看着你的眼睛
坚信上一世我拿走了你的宝物没还

作家只解决两个问题
生死
爱恨

男生对女生的了解

只是

蚂蚁对一条胡同和一个地球的了解

我看到的今夜的星空
是几万年前的光
我看到的你是此时的你

看到一枝茂盛的花,像你
忍了忍
没告诉你

我想念你
我觉得我们会在不同时间和空间里
以不同速度繁盛和老去,不复相见

用土地生春叶的方式
用山川出珠玉的方式
码字

春衣宿花
秋心长苔
每次都以为能胜,每次都输

"我爱上了他爱我的感觉"
"少女心"
"不只是少女心,是一切心"

女生的拧巴来自总问为什么我不是他的唯一
男生的拧巴来自总问为什么我不是世上最牛 ×
如果有解就是共产主义了

"你喜欢哪种女生?"
这些话不能说
要看遗嘱

脚底和头顶抵住
长沙发的两端
一节电池在充电

我全部的痛苦来源
是我想你 我全部的
解药 也是 抱紧你

一个没有浪费过生命的人
终将一事无成
男人写的好文章也必定涉及某个女性

把四处的藏书归到一室
远远看去
仿佛时间和百兽喧闹的山林

在每杯酒里看到你
硬硬地
像鞋里的石子

别和人性争
佛之外
都输了

你印证了你我相同的一个重要三观
你说,"放下一切,
和我在一起吧。"

                                                你是一朵插在任何花盆都要撑破的花
                                                我有能穿透时间的文字
                                                我问你,我要不要死在花下

和我们比算法的都输了
和我们谈放手的都赢了
和我们谈莲花的就让他们开放着吧

当花开起来的时候忍不住想想你
你说为什么要看你醉去
我说天底下哪有比这更好的别离

爱情到了快四十
像老人一样包容
像儿童一样瞬间放下

我能忍住你的那一天
世界平坦
一切没了悬念

我欲不悲伤而不得已

冯居

思念一些肉体
仿佛枝条思念一些春天
但是比枝条多了很多无趣的权衡和取舍

最初的书法大师哪有帖临
最初的心烦哪有经念
我还是念你吧

天用云作字
地以水化心
人还是执迷不悟

人都有个别过不去的心魔

比如想念一个不该想念的人

比如维护一个必败的局

喜欢美好的事物洒下来
你洒下来,雨雪洒下来
冬天午后的阳光洒下来

我们擦肩而过,之后为什么没有大雪零落?
我们以泪洗面,之后为什么还能笑脸迎客?
我们相互温暖,之后为什么还是如此寂寞?

图书在版编目（CIP）数据

春风十里不如你 / 冯唐著. — 北京：北京联合出版公司, 2019.9
ISBN 978-7-5596-3703-1

Ⅰ. ①春… Ⅱ. ①冯… Ⅲ. ①散文集－中国－当代②诗集－中国－当代③小说集－中国－当代 Ⅳ. ①I217.2

中国版本图书馆CIP数据核字（2019）第182164号

春风十里不如你

作　　者：冯　唐
责任编辑：孙志文

北京联合出版公司出版
（北京市西城区德外大街83号楼9层　100088）
北京盛通印刷股份有限公司印刷　新华书店经销
字数231千字　800毫米×1230毫米　1/32　11.75印张
2019年9月第1版　2019年9月第1次印刷
ISBN 978-7-5596-3703-1
定价：56.00元

未经许可，不得以任何方式复制或抄袭本书部分或全部内容
版权所有，侵权必究
本书若有质量问题，请与本公司图书销售中心联系调换。电话：010-82069336